COLLECTION FOLIO

Jacky Durand

Plus
on est de fous
plus on s'aime

Gallimard

Journaliste et écrivain, Jacky Durand sillonne la France des terroirs pour ses savoureuses chroniques culinaires dans *Libération* (« Tu mitonnes ») et un temps sur France Culture (« Les mitonnages de Jacky »). Il est notamment l'auteur de trois romans, *Marguerite*, *Les recettes de la vie* et *Plus on est de fous plus on s'aime*.

Un enfant n'a jamais les parents dont il rêve. Seuls les enfants sans parents ont des parents de rêve.

BORIS CYRULNIK,
Les nourritures affectives

1

Roger a le volant énervé ce soir. La faute à Paname où il a livré du bois pour des « pékins » comme il dit. Du chêne, du hêtre et de la corde qui ont échoué chez ceux de la haute. « Et pas pour une flambée ! » peste-t-il. Ils appellent ça la Fashion Week. Roger parle tout seul dans la cabine de son camion, à côté de Joseph qui dort les bras croisés sur ses épaules. Deux heures qu'ils ont quitté le périphérique. Le Volvo F89 rugit les années qu'il a passées à arpenter les futaies et le bitume.

« Oh, Jo, tu dors ou tu fais semblant ? » grogne Roger.

Joseph s'étire doucement. C'est un homme aux mouvements précis. L'inverse de Roger qui mouline du vent sauf quand il est malade. Physiquement, tout les oppose. Roger a la carcasse large des montagnards et le poil épais comme les forêts de résineux. Ses mains sont vastes et ressemblent à des battoirs. Été comme hiver, elles embaument l'écorce des bois. Lorsque Roger vous serre la pince, on peut sentir les cals de ses paumes qui rabotent le volant de son camion. Joseph, lui, a conservé les mains de son ancienne vie : effilées et douces quand elles couraient sur le clavier de son ordinateur, caressaient le papier des rapports d'audit, signaient d'une écriture minuscule les parapheurs qu'on lui tendait. Joseph y allait autrefois, à la Fashion Week, et pas pour livrer du bois. Il était assis au premier rang à côté de sa femme. Les jambes croisées, elle observait et applaudissait les silhouettes qui défilaient. Il était fier d'elle et d'être son homme.

Aujourd'hui, les mains de Joseph serrent jusqu'au sang le manche du merlin qui fend les rondins de chêne. Avec force elles bêchent et bataillent avec les racines du sous-bois afin d'y planter des pommes de terre. Elles affrontent les échardes quand Joseph équarrit un arbre pour en faire des planches. Elles se frottent aux épines et à la bise en cueillant les prunelles gelées de novembre dont Joseph fait une liqueur magique. On se l'arrache, à Paris, pour accompagner le foie gras aux tables étoilées où Joseph, dans une autre vie, avait ses habitudes.

Guy, le chef auquel il vient de livrer ses herbes sauvages, ses champignons et du bois pour le four à pain, était devenu son ami du temps où il était un client régulier de son restaurant. Aujourd'hui, Guy ne cesse de lui répéter : « Tu as de l'or dans les mains. Si j'avais su, du temps où tu venais en costume-cravate et demandais à peine assis ce qu'il y avait de nouveau à la carte… La vie n'est pas un long fleuve tranquille. » Joseph ne répond pas, mais songe : « Et alors ? » Alors il s'en retourne dans sa forêt, y maltraite avec plus de rage ses mains d'avant qui ne veulent pas changer. Il les voudrait indifférentes aux cors et aux échardes, les ongles noirs d'humus, rongés par les cailloux. Pour tourner définitivement la page. Pour qu'on ne lui parle jamais plus de sa vie d'avant.

« Je dormais, en tout cas, répond Joseph en bâillant à gorge déployée. Ta mauvaise humeur m'a réveillé. Qu'est-ce qui vous faisait tant rire, toi et Guy, dans la cuisine, pendant que je m'échinais tout seul avec la marchandise ?

— Ah ah ! Monsieur est jaloux.

— Pardon, mais j'avais un camion à livrer, moi. Je n'étais pas en balade.

— Il avait de la queue de bœuf, ton Guy. Je lui ai raconté une petite histoire de queue qui avait une moins jolie gueule. C'était quand j'étais à l'armée. On était dans les Balkans, ça pétait. Ils avaient besoin de gonzes démineurs comme moi. C'était une veille de Noël. J'avais fini de nettoyer un bout de chemin truffé de mines et ne sentais plus mes pieds dans les rangers. On faisait équipe avec un légionnaire, un gars d'un pays d'Asie que les autres appelaient San Ku Kaï. Quand ça bardait, ils gueulaient : "San Ku Kaï, c'est la bataille !" Ça le faisait marrer.

Pour nous remercier du déminage, des villageois pauvres de chez pauvres nous ont offert une queue de bœuf. Elle était tellement gelée qu'elle ressemblait à un étron. Ça me dégoûtait, mais San Ku Kaï s'est écrié : "Soupe feu ! Soupe feu !" Les autres m'ont expliqué qu'il parlait de la soupe phở, un truc qu'on mange dans les restaurants asiatiques et qu'il faisait pour ses camarades.

San Ku Kaï répétait : "Tu vas manger soupe feu", en me mettant sous le nez des épices qu'il avait planquées dans son sac. Voilà qu'un gradé se pointe et braille : "Ce soir, on mange froid. Ration de combat, pas de lumière. Sinon, en face, ils vont nous souhaiter un joyeux Noël en nous tirant des cartons dans la gueule." Je ne te dis pas l'ambiance.

Mais, la nuit tombée, mon pote du génie vient me chercher. “Ramène-toi, tu ne vas pas en croire tes yeux.” Je le suis dans l’obscurité jusqu’à un char AMX 10 RC de la Légion. À l’intérieur, qu’est-ce que je découvre ? San Ku Kaï en train de faire mijoter sa soupe feu dans une gamelle cabossée. Mon pote lui avait bricolé une sorte de thermoplongeur. Je ne sais pas sur quoi était branché l’engin, mais ça bouillonnait, c’était incroyable. Le parfum des épices était tellement fort que ça piquait les yeux. San Ku Kaï était aux anges. Tout le monde défilait en loucedé. Lui répétait tout sourire : “À minuit, joyeux Noël, soupe feu.”

Tu parles. À l’heure de la naissance du petit Jésus, les enculés d’en face nous pilonnent. Branle-bas de combat. Pour une fois, on a le droit de riposter. Les galonnés se dirigent vers le char où cuit la soupe feu. Le capitaine découvre San Ku Kaï en cuisine. Le lendemain, on a pelleté la neige toute la matinée et on s’est tapé des pompes sur la glace. »

Roger est secoué de rire.

« Et San Ku Kaï, il est devenu quoi ? »

Les yeux de Roger brillent. « Il s’est battu comme un lion un peu partout. Ensuite, il paraît qu’il a ouvert une gargote à Marseille où il fait sa soupe feu. »

Roger joue avec l'embrayage. Il prend un air entendu. « T'as vu, je sais toujours faire », rigole-t-il en lançant un clin d'œil à Joseph. Il est l'as du double débrayage des camions d'antan, alors que ses collègues routiers ne jurent que par leur boîte de vitesses automatique. Roger a son vieux Volvo dans la peau, son « tarrare » comme il dit. Les gendarmes et les garagistes ont beau le regarder de travers, il finit toujours par les attendrir quand il leur raconte son « ami de quarante-cinq ans », le moteur six cylindres en ligne diesel dont il n'est pas peu fier. « Même à Paris, ils n'en revenaient pas de mon truck », rugit-il. Roger avait sorti le grand jeu au moment de garer le Volvo dans la friche industrielle où avait lieu l'événement. Le look bleu de chauffe maculé d'huile, la Gitane sans filtre à la lèvre, il avait fait ronfler le moteur comme à l'opéra : « Ils n'avaient jamais vu un gars comme moi, tous ces gens dont je ne sais pas s'ils étaient biques ou boucs. »

Joseph soupire et secoue la tête. « Et si on se faisait un Nes ? » souffle-t-il.

Le café soluble, c'est leur carburant depuis deux ans qu'ils vivent ensemble. Roger est à la Ricoré, comme tous les détenus de France et de Navarre. À toute heure, il lui faut son jus carcéral. Hors de question de s'empoisonner avec la lavasse des distributeurs autoroutiers. Ils cassent la croûte à l'arrière du camion. Ils ont une caisse pour le réchaud à gaz et les gamelles, une autre pour les munitions : le cassoulet en boîte, les nouilles, la sauce tomate, les boîtes de sardines à l'huile et de maquereaux au vin blanc, une tresse d'oignons qu'ils émincent sur tout ce qu'ils mangent. Sans oublier le kil de pinot noir, le pot de Nescafé et le pain qu'ils font dans le four à bois adossé à la maison forestière où ils vivent. Ils l'aiment bien cuit avec une croûte torréfiée et une mie dense qui pompe le jus du café.

Roger éternue bruyamment en s'essuyant avec le coude et annonce : « On s'arrête à la prochaine. Je casserais bien une petite graine. »

Joseph écarquille les yeux : « Tu as encore faim après tout ce qu'on a mangé chez Guy ? »

Le chef les a installés en cuisine avant qu'ils reprennent la route pour leur faire goûter sa carte, cinq ou six plats y sont passés.

« Il est bien gentil mais il sert des portions de nouveau-né, s'esclaffe Roger. C'est fameux mais ça ne remplit pas son homme. C'est bon pour les maigrichons de ta Fashion Week.

— Ce n'est pas ma Fashion Week », grommelle Joseph.

Roger rétrograde avec souplesse sur la bretelle, il débouche sur une aire d'autoroute déserte et se gare en épi sur le parking. Il coupe le moteur, cherche à tâtons ses espadrilles. Qu'il pleuve, qu'il neige ou qu'il vente, Roger conduit pieds nus, il aime le contact rugueux et froid du pédalier. « Un camion, ça se conduit avec les pieds et le cul, tu le sens vivre dans ses vibrations. »

Joseph ouvre la portière. L'air sent les restes de la canicule qui a brûlé les taillis. Il aime cette heure incertaine. L'insomniaque qu'il est a rendez-vous chaque jour avec elle. Lorsqu'ils sont chez eux à la maison forestière, Joseph accueille calmement l'insomnie sur son divan défoncé, mais n'en connaît jamais l'issue. Si le poêle manque de bûches, il se lève pour recharger le foyer du Godin et faire de la braise jusqu'au petit matin. Puis il remonte la grosse couverture de laine en espérant un regain de sommeil. Parfois, il se branle frénétiquement. Gestes automatiques, clichés de femmes pomponnées entrevues dans le restaurant de Guy, la petite mort est proche, vite oubliée. Les muscles se détendent, le cœur ralentit. D'autres fois, il s'accroche à des pavés de papier, en ce moment c'est *L'Enfant du Danube* de János Székely, un livre sur la

Hongrie du début du vingtième siècle. Il se plonge dans les cris du monde pour étouffer les siens.

Dans la nuit, Joseph allume une Camel, adossé à la table de pique-nique où le voyageur se gave de chips et de sandwichs sous plastique. Son compagnon ouvre les caisses à l'arrière du semi-remorque. Bien vite, la couronne bleue du réchaud à gaz chuinte sous la bouilloire cabossée. Roger soulève le couvercle d'une terrine, la mine réjouie :

« Je vais me faire une lichette du foie gras que ton pote Guy nous a filé. »

Roger mange comme il est, avec gourmandise et sincérité. Entre deux bouchées, il met une pincée de café soluble dans les mugs de tôle, une autre de sucre. Il les pose sur la table de bois. « Tu ne veux vraiment pas goûter le pâté Olida de ton pote ? » rigole-t-il. Joseph fait non de la tête en allumant une autre cigarette. Il sirote son Nes. Aller à Paris est toujours une souffrance pour lui, il n'aime pas que Roger lui rappelle que la ville était autrefois plus que son quotidien, sa drogue.

Là-bas, à l'entrée de l'aire, une auto freine sèchement et semble hésiter sur la direction à prendre. Elle s'arrête en face des WC. Les phares s'éteignent. Le tison rouge d'une cigarette perce l'obscurité à la place du conducteur. Joseph devine deux silhouettes à l'avant du véhicule. C'est une grosse allemande noire qui date un peu. Confortable, le genre d'occasion que l'on voit sur les routes des pays de l'Est. Il croise ces voitures dans les forêts quand les Roumains et les Polonais viennent bûcheronner. Des sacrés gaillards accrochés à leurs tronçonneuses, un éternel bonnet de laine vissé sur la tête. Roger n'en finit pas de piocher dans la terrine.

« Qu'est-ce que tu regardes, Jo ?

— La voiture là-bas.

— Le gars n'est pas pressé d'aller pisser. »

Une portière s'ouvre, se referme aussitôt. La berline allemande redémarre sur les chapeaux de roue. « Qu'est-ce qu'ils voulaient ceux-là ? Il y a des gens bizarres », marmonne Joseph. Son ami s'étire, béat. « Ça manquait de cornichons cette petite terrine, mais c'était quand même pas mal. Tu sais quoi ? Je vais aller couler un bronze. »

C'est peu dire que Joseph apprécie Roger. Ça remonte à la communale, et surtout au préau, où il faisait le coup de poing lorsqu'on s'en prenait à son camarade intello. Roger touchait le ballon de foot comme un dieu et n'ouvrait jamais un livre. Joseph les dévorait dans un coin de la cour. Un jour que Roger tapait la balle, l'intello voulut se joindre aux joueurs. Les footeux l'éjectèrent. Roger fit face à l'échalas narquois qui jouait les chefs de meute. « Arrête », gronda Roger. L'autre persista à exclure Joseph, Roger lui envoya une droite dans le museau. « T'as compris maintenant ? » C'était tout Roger. La droiture, l'amitié mais aussi la colère, que les coups paternels avaient instillée en lui. Son père était alcoolique, incapable de travailler. Il passait ses journées au bistrot. Lorsqu'il rentrait à la maison ivre mort, il tapait sur tout ce qui passait trop près de lui. Après que sa mère avait failli y passer, Roger s'était retrouvé placé dans une famille d'accueil. C'est à ce moment qu'il avait connu Joseph.

Elle ne l'avait pas lâché, cette colère, même si maintenant, quand il parlait de son père, c'était avec une douceur que Joseph n'cxpliquait pas : « Mon daron, c'était un vrai mauvais. Mais ce n'était pas sa faute », nuance-t-il gravement. Pourtant Joseph se rappelait les cicatrices sur le dos de son ami ce jour trop chaud où Roger, oubliant sa pudeur accoutumée, avait enlevé son tricot de corps avant un cours de gymnastique. Il avait surpris l'effroi de

Joseph : « Ben ouais, c'est mon père », avait-il dit, bravache. Joseph frissonne, enfile son gros pull dans la cabine du camion, allume l'autoradio. Marie Laforêt chante « Viens, viens ».

« Bon Dieu Jo ! » hurle Roger depuis les toilettes.

Son copain sourit dans l'obscurité : « Qu'est-ce que tu as ? Tu t'es assis sur un hérisson ?

— Mais non, Jo, viens, bon Dieu, c'est pas possible. »

Joseph secoue la tête en traînant des pieds.

Son copain rugit : « Ramène-toi ! »

Deux cabas en osier sont posés sur le bitume, à ses pieds. « Mon Dieu, se lamente-t-il.

— Alors, c'est quoi ? » demande Jo.

Roger tend l'index vers le panier. Joseph devine la tête d'un bébé aux yeux fermés qui dépasse d'une couverture polaire. « Putain, il est mort », gémit Roger.

Joseph est comme foudroyé. Sa tête tourne, ses oreilles bourdonnent. Il serre les poings, fléchit les jambes en inspirant l'air frais. Des images l'assaillent, des sons le harcèlent. Il ne faut pas qu'il se laisse submerger. Il approche les doigts du visage immobile, effleure la peau tiède en partant du front, suit la courbe du nez et s'arrête sur la bouche. Il perçoit un souffle minuscule. La glace fond dans sa poitrine. « Il n'est pas mort ce bébé, Roger. Il dort. »

À peine a-t-il prononcé ces mots qu'il éclate en sanglots.

2

Joseph a posé le panier sur ses genoux et n'en finit pas d'ajuster la couverture sur le bébé. Il caresse ses cheveux de jais qui lui font une houppe. « Un vrai Indien », dit-il. Il passe encore son index sur la bouche de l'enfant pour sentir son souffle. Dans l'autre panier, Joseph a trouvé une boîte de lait en poudre premier âge, un biberon, un paquet de couches, des lingettes, un pyjama gris orné d'un pingouin, une combinaison avec capuche en fausse fourrure et un body blanc. Les vêtements portent encore leurs étiquettes de vente, ils viennent d'enseignes franchisées impossibles à localiser. Tout a été rangé comme un trousseau de voyage. Les deux hommes n'ont trouvé ni lettre ni papiers.

Roger regarde alternativement Joseph et le panier. « Tu ne peux pas lui foutre la paix à ce gosse ? » souffle-t-il. « Monte donc un peu le chauffage », commande Joseph. Il bercé doucement l'enfant sur ses cuisses. Le rythme lui revient. Il se concentre sur le faisceau des phares et tente d'ignorer les soupirs de son compagnon. « C'est criminel d'abandonner un nourrisson comme un chiot sur une aire d'autoroute », grogne Roger. Son ami ne répond pas. Quand il a refermé la portière du camion et posé le cabas sur ses genoux, une petite phrase a débarqué dans sa tête et y tourne comme une ritournelle : « C'est un don de Dieu, ce bébé. » Mais la détermination de Roger rompt l'enchantement : « Je vais choper l'A38 à Pouilly-en-Auxois, on va filer à la maternité de Dijon. Il sera bien temps d'appeler les condés sur place, hein ? » Toujours pas de réponse.

Joseph glisse la main sous la couverture du bébé. Comment dire qu'il veut garder ce bébé surgi de nulle part ? Il cherche la poitrine de l'enfant avec nervosité. Elle se soulève sous le tissu-éponge de la grenouillère. Roger a sorti une Gitane de son paquet, elle est collée à ses lèvres mais il ne l'allume pas. « Ce gosse doit bien avoir une mère et un père biologiques quelque part. Il faut les retrouver et les punir s'ils ont abandonné l'enfant. Si ça se trouve, c'est un gamin qui a été enlevé ? »

En même temps qu'il argumente, il lorgne du coin de l'œil Joseph qui enlace avec précaution le panier. Roger finit par s'agacer : « Oh, Joseph, tu me réponds ? Qu'est-ce qu'on va raconter aux flics ? Sûr que les condés ne vont pas croire à cette histoire d'enfant trouvé sur l'autoroute quand ils vérifieront mon casier. »

Ils atteignent Dijon à l'aube. Un trait de lumière ourle l'horizon à l'est. Le camion s'engage dans un rond-point lorsque le panier se met à frissonner, accompagné par un miaulement. « Il se réveille ? » fait Roger en serrant le volant. Au bout de la voie de gauche, il aperçoit le commissariat. Il rate la sortie, continue sur le rond-point. Ses dents se serrent. Il se rappelle les sirènes, les menottes à ses poignets dans la voiture qui prenait le même chemin il y a vingt ans, les phrases qu'il se répétait alors : « De toute façon je ne dirai rien. Tant pis si je prends perpète. Je ne suis pas une balance. »

Joseph hoche doucement la tête.

« Cette fois on y est, bientôt, menace Roger d'une voix blanche.

— On ne va nulle part, réplique Joseph, calme mais sans appel. Tu vas te garer au bord du lac Kir, on va nourrir et changer le gamin.

— Ça va pas non ? » hurle Roger.

Mais il fait deux fois le tour du rond-point

sans choisir aucune direction. Joseph vient de prendre dans ses bras le bébé qui braille. Roger croise les yeux noirs et brillants du gosse, deux boutons de culotte. « Et merde », dit-il. Ils n'iront pas à la police, ils ne feront pas ce plaisir au commissariat de Dijon ni au commissaire Carpentier. Il s'engage vers le lac et s'arrête sur la rive qui s'éclaire, l'aube est là. Dans la semi-obscurité, l'eau semble de la boue qui frémit au vent. Soudain, le nourrisson s'époumone.

« Aïe aïe aïe, qu'est-ce qui lui arrive ? » s'exclame Roger. Joseph est aussi tranquille que Roger fébrile. Il tient le bébé hurleur contre son épaule gauche, place le biberon entre ses genoux, verse la poudre de lait et l'eau. Roger est descendu du camion et a dressé le réchaud à gaz sur l'herbe. Il ne cesse de tremper l'index dans la casserole : « Vas-y, apporte le biberon que je le réchauffe. » Les cris du bébé se mêlent aux croassements des corbeaux qui frôlent le lac.

En se penchant depuis la cabine, Joseph tend le biberon et entreprend de descendre à son tour du camion. La tête couverte d'un bonnet blanc trouvé au fond du panier, le bébé crie de plus belle. Il tend ses petits poings vers le pare-brise. Joseph descend chaque marche avec précaution en se tenant d'une main à la portière, l'enfant serré contre lui. Il fait quelques pas, les jambes en coton. Il a peur de trébucher. Il se pose sur un banc humide, étire le col de son pull camionneur, y introduit le bébé ainsi emmailloté dans la laine. Ils se retrouvent nez contre nez.

« T'inquiète, ça vient, ton biberon est presque prêt », souffle-t-il. C'est sûr, on a pris soin de lui avant de l'abandonner. Son petit corps est enduit de crème, sa couche ajustée sur le bassin. Joseph s'en veut d'empester le tabac froid et la sueur. Il se demande comment un tout-petit peut passer d'un parfum à un autre. Il l'imagine habitué à l'odeur de sa mère. Que perçoit-il des adultes entre lesquels il est désormais brinquebalé ?

« Joseph, c'est chaud », lance Roger. Il remue doucement le biberon dans la casserole. Ce n'est pas la première fois qu'il fait ainsi. Roger a beau avoir connu les coups quand il était enfant, il avait aimé devenir père à son tour. C'est lui qui s'était occupé de sa fille Julie dans ses premières années. Il l'avait promenée, changée, nourrie, consolée avant que sa vie s'effondre, avant la prison. Les souvenirs heureux de sa vie passée avec sa toute-petite l'avaient plus d'une fois sauvé du désespoir. C'était toujours ça qu'on ne pouvait pas lui enlever.

Joseph glisse la tétine dans la bouche du nourrisson qui remue frénétiquement. Il a faim comme douze, constate-t-il rassuré. Il redoutait que l'enfant refuse de boire dans les bras d'un étranger. Au lieu de cela, il biberonne comme un ogre. Roger est épaté et donne du coude à son ami : « À ton avis, c'est un mâle ou une femelle ? » Au fur et à mesure que le biberon se vide, l'enfant aspire moins goulûment. Il tète, les yeux mi-clos, et marque des pauses. « Allez, tu finis », ordonne Joseph. C'est comme s'il avait toujours connu ce môme qui lance un rot sonore après sa dernière tétée. « Tiens, prends-le pendant que je rince le biberon », lance-t-il à Roger.

Le camionneur écarte les bras comme s'il accueillait une tribu et blottit l'enfant dans le creux de son coude. Il monte dans le Volvo, se cale au fond du siège et installe le nourrisson contre lui en rigolant : « Je sais, on dirait une poule qui a trouvé un couteau. » Joseph attrape la serviette de plage qui recouvre la couchette de la cabine et l'étale sur son siège. « Vas-y, pose-le. » Roger se penche sur le siège passager et couche l'enfant qui proteste.

« On fait comment maintenant ? souffle-t-il.

— À toi l'honneur de le changer.

— Moi ?

— Oui. »

Roger secoue la tête, le regarde, perdu : « Je ne me rappelle plus.

— Tu le déshabilles, tu défais les scratchs. Tu y vas mollo bien sûr. »

Le camionneur écarte les mains puis les pose doucement sur le ventre du bébé qui s'apaise en ouvrant des yeux ronds. Il retire le pantalon de laine, défait le body et la couche avec précaution. « Ça pue, grogne-t-il.

— Tu ne t'attendais pas à de la rose ! sourit Joseph en lui tendant une lingette. Maintenant, tu l'essuies avec délicatesse. »

Roger soulève le derrière du bébé qui, enchanté d'être à l'air, lâche un pet. Le routier éclate d'un grand rire : « Putain, c'est un mâle et il est déjà sacrément bien monté ! »

Joseph brandit une couche propre. « Tu la poses, tu l'ajustes et tu refermes les scratchs. Ni trop lâche, ni trop serré. Tu verras, ça ira tout seul.

— Comment tu fais pour être aussi au parfum, si je puis dire ? T'as pas eu de gamin », dit Roger.

Joseph continue, obnubilé : « Voilà, tu serres bien les scratchs sinon ça tombe.

— Ça va Jo, ça me revient. »

3

Un soir, on avait sonné à la porte de Joseph. Il avait écarquillé les yeux devant la silhouette trapue au souffle de fumeur d'Ajja. Il avait jaugé l'intrus jusqu'à ce qu'un murmure en sorte : « C'est moi, Roger. » Joseph ne connaissait qu'un Roger, celui qui avait débarqué à la communale il y avait un demi-siècle de cela, un jour qui sentait les feuilles mortes et où les gamins s'envoyaient des marrons d'Inde à la figure. M. Lapierre, un sage parmi les hussards de la République, l'avait installé au premier rang, loin du poêle à bois chéri des cancres. Il avait dit : « Roger va rester avec nous toute l'année. Je vous demande de lui faire bon accueil. »

Drôle d'accueil. Roger se rongeait les ongles et cognait dès qu'on l'embêtait. Il n'avait pas fallu longtemps avant qu'on parle sur son compte. C'était un enfant placé, rappelait-on avec commisération. Normal qu'il soit violent. Personne n'ajoutait : « Un enfant battu ». Pour ses camarades, c'était « Roro l'étranger », sujet des ragots crasseux. Forcément « fils d'une pute », sifflaient les méchants garçons, d'une mère comme la Grande Lulu, qui dépucelait les conscrits dans sa cuisine après leur avoir lavé la queue dans son évier où elle recrachait le sperme. Quand la rumeur était montée aux oreilles de Roger en pleine récréation, il n'avait pas mégoté : une bonne beigne dans la tête de l'insultant. M. Lapierre avait arrondi les angles : « Vous comprenez, c'est un enfant placé à l'Assistance, il a souffert. »

Le braqueur aimait étudier, mais les choses s'embrouillaient vite dans sa tête. Il avait condamné une bonne partie de sa mémoire, celle qui gardait le souvenir des baffes et des engueulades du père, des hurlements de la mère. C'était plus sûr. Il n'avait encore rien vécu qui eût valu la peine de se le rappeler. En fin de cinquième, la conseillère d'orientation qui roulait en italienne, une Lancia, en fit le candidat idéal pour le CAP de mécanique générale. Ce n'était pas une mauvaise idée, car Roro était loin d'avoir deux mains gauches. Pour les fans de Bruce Lee, il fabriquait des nunchakus en alu qui déchiraient. Pour les maoïstes tendance albanaise, il forgeait des lance-pierres de toute beauté avec des billes de roulement en acier. Ce petit usinage lui procurait suffisamment d'argent pour s'offrir des binouzes et, suprême luxe, la Honda S3 que l'on pouvait conduire à seize ans.

À dix-huit ans et quelques, l'armée tendit les bras à Roger. « Tu seras un homme », lui dit le sergent-chef. Avec ses mains d'or, Roro était le pékin idoine pour la pose d'explosifs et le déminage. Et puis, en cas de pépin, un enfant de l'Assistance, ça évite les formalités d'enterrement trop compliquées. Roger fit son bout de chemin à l'armée. Joseph le croisa un jour en gare de Belfort. Il avait toujours ses pommettes grêlées de taches de rousseur. Ils avaient rigolé ce soir-là au cours d'une cuite homérique. Dans les nuages de la gueule de bois, ils s'étaient promis de ne jamais se perdre de vue. Ils ne croyaient pas si bien dire. Roger a pourtant fait long feu dans la grande muette. La faute à un soir de cuite où il agressa son adjudant au tesson de canette de Kro. Puis il disparut des écrans radars.

Un soir, il avait sonné chez Joseph sans s'annoncer. À l'époque le jeune avocat d'affaires vivait dans le quartier du Marais, il avait très bien réussi, sa vie professionnelle était florissante, il était marié avec une belle femme très lancée dans la mode. Roger était sapé comme un milord et empestait Eau Sauvage. Il avait pompé les répliques d'Audiard, roulait dans une Citroën DS jaune, modèle 1960, impeccablement restaurée. Joseph avait embrassé sa femme et invité Roger à Ma Bourgogne, place des Vosges. Entre le jarret de porc et la tarte Tatin flambée, Joseph avait tenté de le mettre à table. S'était-il reconverti en julot casse-croûte ? En Arsène Lupin ? À ces questions, Roger était monté sur ses grands chevaux : il était « dans le déminage civil, à courir le monde avec des primes de risques comacs. »

Tu parles Charles. Un commissaire ami de Joseph avait fini par le renseigner. « Ton Roger, il a l'Office central pour la répression du banditisme aux fesses. On le soupçonne de faire équipe avec des mecs qui utilisent ses compétences dans l'explosif pour faire sauter des fourgons blindés. Mais on n'a jamais pu le prendre. Il est malin. » Roger lui avait dit qu'il était père, que sa fille Julie était la plus belle du monde, sa femme magnifique.

Chaque fois qu'un fourgon blindé sautait, Joseph se disait que c'était peut-être Roger. Jusqu'au jour où il avait fait la une des journaux, menottes aux poignets, trahi par des complices manipulés par le Boiteux, une petite frappe que Roger avait humiliée dans le temps. Le commissaire qui avait interrogé Roger après son arrestation lui avait demandé : « Cela vous dit quelque chose, le Boiteux ? » « Et comment », avait pensé Roger. Mais il n'avait rien dit, pas un mot. Muet comme une tombe. Il n'avait balancé personne. Ce n'était pas son genre, malgré les efforts de Carpentier pour le faire parler. Roger gardait une mémoire forte de son face-à-face avec le commissaire. Ils étaient restés plusieurs heures dans son bureau, et il avait horreur de l'avouer, mais Carpentier lui avait été sympathique.

Le camionneur avait pris cher. Il avait fait le tour de France des centrales pénitentiaires. Jamais il ne s'était plaint. Il avait lu Zola, Dos Passos et Yourcenar. En prison, Roger avait continué de voir sa femme et sa fille. Puis il y avait eu un rendez-vous manqué, un car raté en gare de Bar-sur-Aube pour la prison de Clairvaux. La fois suivante, sa femme était venue seule au parloir. Elle avait eu le courage de lui dire en face que ce n'était pas une vie pour elle et Julie. Elle voulait refaire sa vie avec un homme qu'elle aimait bien et qui la protégeait. Il comprenait. Sa femme s'était mariée avec cet homme de confiance qui s'occupait bien de la petite. Elle avait toujours été impeccable avec Roger pour qu'il maintienne le lien avec la gosse. Le beau-père était généreux et n'avait jamais empêché l'adolescente d'aller voir son père en prison, puis de lui écrire pendant ses études de médecine.

Joseph n'avait reçu aucune nouvelle de Roger pendant sa détention et n'avait pas cherché à en avoir. Il avait souvent imaginé son ami pendu à la poignée de sa cellule jusqu'à ce soir où Roger avait débarqué chez lui à la maison forestière, l'air vieux comme Mathusalem. Il n'y a que les ignorants pour penser que la prison, c'est Relais et Châteaux.

« Ben rentre, avait dit Joseph alors que Roger piétinait sur le seuil.

— Je suis sorti hier matin. J'avais deux bons pour aller dans un hôtel de passe sur la rocade. Mais une nuit, ça m'a suffi », expliqua Roger une fois à l'intérieur. Il était épuisé. Même ses taches de rousseur avaient disparu.

« Comment tu m'as trouvé ? avait demandé Joseph.

— Je me suis débrouillé. Tu as changé de confort », avait dit Roger en regardant autour de lui. L'intérieur de la maison était plus que rudimentaire, érémitique.

« Tu vas dormir », avait ordonné Joseph. Roger avait jeté un coup d'œil au canapé défoncé. « Non, ici c'est moi. Tu prends mon lit. Depuis le temps que tu n'as pas dû dormir dans un vrai lit. »

Roger s'était écroulé, les yeux clos.

« Au fait, tu dois avoir la dalle ?

— T'embête pas », s'était excusé Roger.

Joseph avait ouvert le placard, vide. « J'ai qu'un bocal d'asperges avec un peu de mayo en tube, ça t'ira ? »

Roger avait souri : « Bien sûr. Il a dû t'en arriver des choses, à toi aussi.

— Laisse tomber. Mange », avait répliqué Joseph.

4

Joseph se réveille en sursaut dans l'obscurité. A-t-il rêvé ce gosse ? Il plonge la main à la droite de son lit. L'enfant est bien là, chaud dans son panier. La veille, en rentrant à la maison après la découverte inouïe, les deux hommes s'étaient demandé s'ils allaient le coucher dans une pièce à part. Finalement, Joseph avait trouvé plus sûr de l'avoir pas loin. Il avait installé d'autorité le couffin dans sa chambre. Roger avait consenti en haussant les épaules : « Si ça te fait plaisir. » L'enfant avait babillé lorsque Joseph l'avait tendu à bout de bras au-dessus de sa tête. Celui-ci l'avait posé ensuite sur sa poitrine. Il avait scruté les yeux intelligents de l'enfant qui suivaient le tremblement de la flamme sur la table de nuit. Puis Joseph avait rallumé la Godin en dépit de la chaleur tenace de cette fin d'été, il craignait que le bébé ne prenne froid. La présence de l'enfant lui avait fait percevoir la précarité de son logement. Son manque de confort avait été pour Joseph une libération, mais avec ce tout-petit, il en voyait les dangers. Ce n'était pas un endroit pour un minuscule être humain.

Il redoutait d'ailleurs sans cesse que les enfants des autres s'enrhument quand ils venaient avec leurs parents manger une vieille poule qui ne pondait plus. C'étaient des voisins avec lesquels Joseph avait sympathisé. Il faisait un fameux bouillon avec les légumes du jardin. Les gamins l'adoraient parce qu'il les laissait tout faire et leur apprenait des choses inconnues : tailler un sifflet dans une branche de sureau ; confectionner un lance-pierre avec un robuste morceau de bois en forme de Y ; produire des sons avec une tige de pissenlit. Durant la saison des champignons, il leur apprenait à reconnaître la chanterelle, la coulemelle, le bolet, le rosé-des-prés. Durant les vacances, il les embauchait pour restaurer une clôture, monter des pierres sèches, creuser une tranchée. Il était Oncle Jo. Joseph n'y connaissait rien en ados, mais il avait le don de les apaiser dans le silence de la forêt. Il n'imposait rien, entraînait juste le gamin, la gamine dans sa solitude, dans la simplicité de son ordinaire où l'on touche du doigt l'essentiel.

Il n'en peut plus de la chaleur dégagée par le Godin. Il vérifie que le bébé est bien couvert et ouvre la fenêtre. Il aspire à pleins poumons une bouffée d'air frais. L'enfant soupire dans son sommeil. Soudain, Joseph se sent perdu. Il ne sait plus si c'est un don de Dieu, ce bébé. Il n'a rien demandé quand il est venu s'installer ici. Juste qu'on le laisse en paix. Il n'a jamais envisagé d'accueillir qui que ce soit, de fonder à nouveau une famille dans ce refuge perdu parmi les chênes. Il a acheté la maison à l'occasion d'une opération de vente de l'Office national des forêts. Joseph avait proposé à Roger de l'héberger peu après sa sortie de prison. Les seuls travaux qu'ils avaient effectués s'étaient limités à chauler les murs, remplacer les tommettes fendues et abattre un reste de cloison au rez-de-chaussée pour créer une grande pièce à vivre. Chacun avait sa chambre, mais souvent l'un ou l'autre occupait le canapé de la pièce principale, pris par l'insomnie. Ils avaient poncé et verni la table abîmée par les beuveries des chasseurs. Pour le reste, ils s'étaient meublés chez Emmaüs. Joseph songeait parfois aux vies qui avaient défilé devant le buffet de cuisine des années trente, aux mains qui en avaient manipulé les tiroirs, à l'odeur douce-amère laissée par l'huile et le vinaigre. Joseph y avait trouvé un bout de papier jauni sur lequel une recette de gratin dauphinois était écrite : « N'employer que de vieilles pommes de terre. Recette valable de septembre à avril. »

Sa seule concession au neuf avait été l'acquisition de sa cuisinière à bois Godin. Dans sa vie d'avant, Joseph n'avait jamais imaginé qu'un jour il s'installerait parmi des objets humbles qui avaient connu d'autres destins, renouerait avec le feu de bois qui lui cuisait les joues. À l'époque, il achetait du design moderne et contemporain et revendiquait la nouveauté : il voulait être le premier à avoir un iPhone, une Smart, un piano de cuisson à induction. Aujourd'hui, il rigole en pensant à ses joujoux abandonnés sans regret.

Dehors, un bruissement agite le taillis et une masse sombre déboule par la fenêtre, bondit sur le lit. Une langue râpeuse lèche le visage de Joseph et pousse des petits cris. Le Chien est de retour, tout à sa joie de retrouver son ami. Pourtant, Joseph ne se considère pas comme son maître. Il avait croisé une première fois le Chien dans une sommière, trottant à bonne allure. Il s'était dit que l'animal devait connaître sa route et rentrait au bercail. Quelques jours plus tard, il l'avait retrouvé assis dans la neige fraîche au bord d'un chemin. Joseph avait arrêté son vieux Ford Transit, l'homme et la bête s'étaient dévisagés. Le chien le scrutait, la langue pendante. Joseph n'était pas du genre à s'encombrer d'une bestiole. Il avait payé trop cher sa liberté et sa solitude pour y faire entrer un animal. La seule compagnie qu'il supportait maintenant était celle de Roger.

Le chien avait fait le tour de la camionnette avant de se poser face à Joseph qui s'apprêtait à redémarrer. Le pied sur le frein – le chemin était légèrement en pente –, Joseph avait de nouveau accroché le regard de la bête dont l'apparente indifférence l'avait intrigué. Il s'attendait à une mine implorante, et prit cela comme un défi. « On va voir de quel bois tu es fait. » Il ouvrit la porte latérale de sa fourgonnette et lança au chien « Viens, monte ». Mais l'animal resta immobile. Joseph répéta plusieurs fois « Allez, allez ». Sans résultat. Il donna alors un franc coup d'accélérateur. L'animal s'écarta d'un bond. Joseph le chercha en vain dans son rétroviseur et en fut triste. Il se convainquit que c'était mieux ainsi. Il y avait suffisamment de bûcherons, de promeneurs dans la forêt pour se soucier d'un chien. Mais lorsqu'il atteignit la maison, Joseph fit une embardée de surprise dans l'épaisse couche de neige. Le chien attendait devant la porte. Il monta à l'arrière de la Ford, se coucha sur le plancher et soupira longuement.

Le chien resta ainsi dans la camionnette durant plusieurs jours. Joseph ne lui donna ni à boire ni à manger, la porte coulissante de son Ford ouverte à la froidure en espérant que le chien déguerpirait. Il faisait le tour de la maison en flairant la neige. Il marquait un arrêt devant le poulailler, mais ne tentait pas d'y pénétrer, alors qu'il devait avoir sacrément faim. Le jeûne de la bête intriguait Joseph, il la retrouvait, au petit matin, couchée dans la camionnette la tête entre les pattes.

Au quatrième jour, Joseph déposa sur le seuil de la maison une gamelle de riz et d'omelette. Il pensait que le chien bondirait pour engloutir la pitance. Mais l'animal n'en fit rien. Il attendit que Joseph ait refermé sa porte pour avancer vers la gamelle. Il mangea par petites bouchées, sans empressement. Joseph en conclut que ce chien était un hôte convenable. Mais il n'était pas question qu'il rentre dans la maison. L'animal l'avait d'ailleurs compris, il ne cherchait jamais à se faufiler à l'intérieur. Joseph lui construisit une niche sommaire avec du bois de palette et la garnit d'une vieille couverture.

L'ex-braqueur s'était gratté la tête en découvrant la bête : « Tu vas l'appeler comment ? »

Joseph avait haussé les épaules : « Pourquoi je lui donnerais un nom ? Il doit déjà en avoir un.

— Tout le monde a un nom, avait fait remarquer Roger.

— Justement, je ne vais pas lui en donner un autre que celui qu'il a déjà, avait grogné Joseph.

— Mais comment veux-tu l'appeler par son nom puisque tu ne le connais pas ? » Roger tenait une idée lumineuse : « Regarde le calendrier des Postes, donne-lui le nom du saint du jour où tu l'as trouvé. »

L'autre fit non de la tête : « T'es con ou quoi ? Ce clébard, moi je ne l'ai pas voulu.

— C'est cela, s'était exclamé Roger avec ironie. N'empêche qu'il n'a pas de nom. »

Excédé, Joseph avait décrété : « Alors, ce sera le Chien. »

Le Chien avait compris d'emblée qu'il ne fallait pas encombrer Joseph. Il jaugeait son humeur lorsqu'il buvait son premier café et se roulait une cigarette sur le banc de pierre adossé à la façade de la maison. Il devinait, quand la mélancolie rôdait, qu'il fallait le laisser seul partir couper son bois ou cueillir les asperges sauvages qu'il irait livrer à Paris. Au contraire, lorsque Joseph lui donnait du « Alors le Chien, ça va ? », il savait qu'il monterait sur le siège passager pour s'enfoncer dans la forêt et retrouverait Roger qui lui offrirait des oreilles de cochon séchées.

Le Chien marque l'arrêt devant le panier du bébé et le flaire avec curiosité. « Doucement », ordonne Joseph en le caressant. Il sait qu'il ne fera pas de mal au bébé, mais ne voudrait pas qu'il le réveille. Il lui souffle : « Il est comme toi, c'est un chien perdu sans collier. » Le chien fixe longuement Joseph puis le nourrisson. Il se couche contre le couffin.

Joseph se réveille en sursaut. L'enfant braille à tue-tête. Le Chien jappe par saccades. Le jour est là, Roger est déjà sorti pour bêcher et désherber le jardin qu'il a planté au printemps dernier dans un lieu ensoleillé. Planqué en pleine forêt, il l'a clos de solides barrières en acacia pour prévenir les assauts des sangliers. Joseph se penche sur le panier hurlant. Le visage du bébé, baigné de larmes, est marqué par une tache rougeâtre. Joseph exclut le moustique et les tiques, qu'il connaît bien. Il se précipite sur la boîte rouillée de biscuits

Delacre qui fait office de pharmacie. Une plaquette de paracétamol voisine avec un pulvérisateur de Ventoline et une bouteille d'alcool à soixante-dix degrés. Il imagine la douleur de l'enfant s'il lui appliquait un tel désinfectant.

Il farfouille dans un tiroir, en tire un mouchoir à carreaux. Il se rapproche de l'évier de pierre et actionne la vieille pompe Japy en fonte. L'eau crachote au robinet en laiton. Elle remonte des tréfonds de la forêt. Il humecte le mouchoir et tamponne doucement la joue du nourrisson. Les pleurs s'espacent, l'eau fraîche apaise l'enfant. Joseph l'enveloppe dans une couverture et ouvre la porte. Le Chien file entre ses jambes.

Le bébé tourne la tête en direction des taillis. Joseph se demande ce qu'il peut distinguer entre les noisetiers, les baies rouges de l'aubépine et les prunelles bleues. Le Chien surgit à nouveau, donne un coup de langue sur le visage de l'enfant qui se remet à pleurer. Joseph écarte la bête sans ménagement : « Le Chien ! » La bête le suit la queue basse alors qu'il s'en retourne à l'intérieur. « Tu restes dehors », ordonne Joseph. Le Chien se couche en travers du seuil.

Joseph met du petit bois et un rondin dans la cuisinière pour relancer le feu. Il s'empare de sa vieille bouilloire, la remplit à l'évier. D'une main il doit activer la pompe, tenir la bouilloire, de l'autre maintenir le bébé. « Et qu'est-ce qu'on fait si quelque chose de vraiment grave lui arrive ? » s'inquiète-t-il.

Pendant que l'eau chauffe, il pose un oreiller sur la table, le recouvre d'une serviette et entreprend de changer l'enfant. Il n'a pas perdu la main. C'est ainsi qu'il faisait, il y a un siècle. Le Chien bondit sur la couche merdeuse qu'il vient de balancer dehors, ravi. Joseph part dans un grand éclat de rire. « Mais t'es con. » Le chantonnement de la bouilloire sur la cuisinière intrigue le bébé, alors que Joseph prépare son biberon. Il s'installe dans le fauteuil recouvert de napperons tricotés. Le bébé tète, sa petite main dans celle de son nourricier. Le Chien les observe, assis sur le seuil de la maison. Déjà le petit s'endort. Joseph voudrait que ce biberon ne finisse jamais.

Un grondement suivi d'un long dérapage le réveille. Roger claque la porte de son increvable Lava Niva 4 × 4 de l'époque soviétique. Il a sa mine fatiguée des mauvais jours, quand le débardage des grumes s'est mal passé ou qu'il s'est cassé les reins dans le Volvo sur une route forestière défoncée. Lorsqu'une souris, comme il dit, lui a claqué entre les doigts alors qu'il croyait l'affaire bien emmanchée. D'habitude, après avoir soigné son jardin, Roger est d'une humeur resplendissante, son visage semble transfiguré, ses gestes plus doux. Il raconte à Joseph l'état de la terre, ce qu'il envisage de planter au printemps, il rêve d'arbres fruitiers. Mais ce matin, Roger jette à peine un regard à Joseph et au bébé. Il sort un bol du buffet, y met une grosse cuillère de café soluble et vide le fond de la bouilloire. Il s'adosse à l'évier et boit à petites gorgées le liquide brûlant.

« Tu t'es pris une mine cette nuit ? » risque Joseph.

Il arrive aussi que Roger insomniaque sorte dans un bar ouvert toute la nuit et boive trop.

« Ce n'est pas le sujet », gronde Roger le nez dans son café.

Les deux hommes restent figés dans le silence jusqu'à ce que le routier actionne la pompe pour rincer son bol et se retourne en fixant Joseph : « Le sujet, c'est ce môme. Je n'ai pas fermé l'œil de la nuit. On ne peut pas le garder, Joseph. » Le ton est lugubre. Joseph presse l'enfant contre sa poitrine.

« Et pourquoi ça, je ne peux pas le garder ?

— T'es con ou t'es fou ?

— Hein ? »

Roger soupire.

« Il doit bien avoir une mère ce môme ? C'est aux flics de la retrouver. »

Joseph serre les dents.

« T'appelles ça une mère, une femme qui largue son bébé une nuit sur une aire d'autoroute…

— Qui te dit que c'est elle qui a fait ça ? Qui te dit qu'il n'a pas été enlevé ?

— Il y aurait eu une alerte. Tout le pays serait au courant. Mais personne ne le réclame, ce gamin. »

Roger ne sait plus quoi dire. Joseph continue :

« En l'abandonnant, sa mère lui a peut-être offert la possibilité d'avoir une vie meilleure. Il est bien avec nous ce gosse, regarde. On le rend heureux. Et puis tu en sais quelque chose hein, qu'on n'est jamais un parent parfait. »

Roger lâche, glacial : « Ça c'est bas Jo, très bas. »

Le bébé s'est réveillé et hurle, il a encore faim.

« Oh non ! s'exclame Joseph. Tu ne peux pas rester calme ! Je suis épuisé moi, à la fin.

— Passe-le-moi ce gosse, dit Roger agacé. Il lui faut les bras d'un homme, un vrai. Va te reposer si tu es crevé. »

5

Depuis qu'il héberge Roger, Joseph a l'impression d'avoir affaire à un schizophrène, tantôt oiseau tombé du nid, tantôt ermite, tantôt beau voyou fatigué de sa légende. La liberté retrouvée ne se réchauffe pas comme une boîte de raviolis. Elle vous fait payer les années où vous lui avez tourné le dos dans neuf mètres carrés, toilettes comprises. Parfois, Roger est comme un extubé sorti d'un long coma. Les gestes de l'ordinaire sont des montagnes après la prison : acheter un paquet de tabac, s'asseoir en terrasse et commander un café, entendre passer une voiture de flics toutes sirènes hurlantes et craindre que ce soit pour sa pomme… Ça passe ou ça casse.

Même Karl Marx n'avait rien pu pour Roger. Lorsqu'il était arrivé en forêt, Joseph s'était fait un vrai copain. Un psychiatre surnommé ainsi en raison de son abondante barbe blanche, qui avait passé sa vie à soigner les maux de l'âme des gens alentour, refusant les postes à l'hôpital ou en ville. Joseph lui avait amené Roger quand il venait de sortir de prison. Mais l'ancien détenu s'était dérobé à toutes les tentatives du psychiatre pour l'aider. « Trop orgueilleux, avait soupiré Karl Marx. C'est dommage parce qu'il y a du boulot. »

La seule chose qui apaisait Roger, c'était son jardin. Au printemps précédent, il avait observé la croissance d'une giroflée dans le mur de la maison forestière. Elle avait fleuri jaune orangé aux premières marches du printemps. Il n'en finissait pas de la contempler, assis sur le seuil de la cuisine, et Joseph avait fini par l'interroger. « C'est quoi cette passion des giroflées ? Ce n'est pas une espèce rare. » À l'heure de sa Ricoré, les yeux dans le vague, entre les volutes de sa clope, Roger avait raconté : « Quand j'étais en centrale, j'ai connu un pied de giroflée accroché au mur de la cour de promenade. Je me suis toujours demandé comment il faisait pour pousser entre deux pierres, sans terre, ça me fascinait. J'ai fini par me dire qu'il était comme nous, les longues peines, à végéter dans une poignée de béton, qu'on était des survivants hors sol. Si tu savais comme je l'aimais, cette giroflée.

Lorsqu'elle fleurissait à la fin de l'hiver, ça me requinquait un peu. » Ses doigts s'étaient crispés autour du mug en tôle émaillé : « Un jour de printemps, un connard à embrouilles l'a arrachée sous mes yeux en se marrant. C'est la seule fois où j'ai démonté un mec en détention. Il a mangé de la Blédine pendant un bon moment, et moi j'ai bouffé du mitard. » Joseph avait trouvé pour son jardin l'emplacement favorable, ni trop à l'ombre ni trop exposé et surtout bien caché. Roger avait planté des fleurs, des légumes et des herbes. Joseph avait été surpris qu'il fût aussi savant en horticulture. « C'est d'instinct », avait rétorqué sommairement l'ex-taulard.

Pendant que Joseph rangeait la maison, Roger a joué avec le bébé en le chatouillant et le faisant monter et descendre dans les airs. Le petit a ri aux éclats. « T'entends, Jo ? C'est la première fois qu'il se gondole comme ça ! » Épuisé, le petit s'est endormi d'un coup sur l'épaule de son compagnon. Joseph les retrouve lovés l'un contre l'autre dans le canapé. Roger tient le dos du bébé d'une main, de l'autre il feuillette un album de photos avec une loupe. « Qu'est-ce que tu fais ? » Silence. « Oh, Roger, je te parle ! »

Roger jette brusquement la loupe, referme l'album et éclate en sanglots, serrant le petit pour qu'il ne tombe pas. Joseph reste comme deux ronds de flan, sa patate et son couteau éplucheur dans les mains, face à ce gaillard secoué de hoquets.

« Excuse-moi, vieux, excuse-moi, bredouille Roger.

— T'excuser de quoi ?

— De chialer comme une madeleine. »

C'est vrai quoi, les mâles de leur génération, ça ne pleure pas, ça serre les dents.

Roger se lève d'un bond : « Je vais faire un tour.

— Non, tu restes là », dit Joseph. Il connaît l'engin, depuis tout ce temps. Quand Roger a le bourdon, il peut s'enfoncer dans la nuit, ruminer des heures sur un banc. Il est aussi capable de retourner un zinc après un excès de pastis. Joseph lui tend le couteau et la patate :

« Tiens, couche le bébé et finis d'éplucher. Je vais nous faire deux Picon. »

Le Picon bière, c'est pour les creux de blues de quatre mètres. Le bébé est couché sur le canapé, il dort profondément. Roger s'applique, il coupe les patates en frites tandis que Joseph lui tend un verre. Il boit une première gorgée qui laisse de la mousse sur sa lèvre supérieure.

« Qu'est-ce qui t'a fait craquer ? » tente Joseph.

Roger ne répond pas. Il cisèle ses cubes de pomme de terre. Joseph a l'habitude de ces silences. Roger boit une deuxième gorgée et désigne l'album : « Ouvre-le. »

À la première page, Roger jeune, avec des cheveux et moins d'embonpoint, brandit un nourrisson comme un évangile.

« Là, Julie devait avoir quatre mois. Sa mère avait repris le boulot. Je faisais le papa à la maison. Je crois que je n'ai jamais été aussi heureux. Et pourtant, je n'en voulais pas, de môme. Il avait fallu du temps à sa mère pour me convaincre. Mais elle voulait à tout prix un gosse. Je lui avais dit d'accord, à condition de faire un dernier gros coup avant pour se mettre à l'abri du besoin. J'étais monté au braquage à Anvers. Une belle équipe pour des diamants. Que des anciens militaires, on s'était tous connus en Bosnie. Ensuite, j'avais plus eu qu'à regarder son ventre s'arrondir. J'étais bien. On avait de l'artiche pour un bon moment. Entre les couches et les biberons, je n'avais jamais été aussi débordé de ma vie, comme toi tout à l'heure ! » Ils rient, la mauvaise humeur est oubliée.

Joseph tourne la page. Cette fois, deux yeux bleus le fixent, Julie est dans une baignoire en plastique. « J'avais toujours peur que l'eau soit trop chaude ou trop froide. »

Une autre photo : Julie emmitouflée dans une poussette au milieu d'un jardin public enneigé. « Je l'emmenais partout, c'était la vedette du marché. J'achetais des fruits et des légumes pour ses compotes et ses purées. Quand elle est entrée en maternelle, je me suis remis à bricoler par-ci par-là pour les copains. De la mécanique, de la soudure. Ça me laissait du temps pour m'occuper d'elle. Mais tu sais comme c'est, les emmerdes, jamais férié. Sa mère a perdu son boulot. Le magot d'Anvers a fondu. Sans rien dire, je me suis rencardé avec les bras cassés qui m'ont conduit au placard. Je ne savais pas que c'étaient des potes au Boiteux, c'était l'erreur. Fatale. »

La suite, Joseph la connaît. Roger trimballé de centrale en centrale. Les parloirs familiaux qui s'espacent. Sa femme qui refait sa vie, sa fille qui continue de venir le voir ou lui écrit de longues lettres auxquelles il répond volubilement.

« Un jour, c'est moi qui ai décidé que la taule, ce n'était plus la place de ma gosse. Elle était en pleine adolescence. Belle comme un cœur. Je ne supportais plus l'idée de lui imposer toute cette laideur. Alors, on s'est beaucoup écrit. Ça m'a permis de tenir, ajoute Roger.

— Julie est fière de toi », murmure Joseph. Il la connaît bien, elle et son ami Karim. Ils vivent à Dijon. Tous les deux ont réussi le concours de médecine, ce sont des étudiants brillants. Julie avait cherché à voir Roger dès sa sortie de prison. Il avait honte, il ne voulait pas être un embarras dans sa vie, il s'était défilé quelques semaines. Elle l'avait harcelé, avait fini par se pointer à la maison forestière. Elle ne manquait pas de caractère. Elle avait appris que son père avait trouvé refuge chez un vieil ami d'école qu'elle ne connaissait pas. « Un excentrique lui aussi, lui avait-on expliqué, mais pas méchant. » Roger avait été le plus heureux des hommes de trouver Julie sur le seuil de la maison à huit heures du matin. Elle était passée avant de se rendre à l'hôpital où elle était interne. Ils s'étaient serrés dans les bras en se promettant de ne jamais plus se séparer.

Roger se lève pour frire les patates. « Tu nous refais un Picon ? » demande-t-il. Il maîtrise la friteuse de Joseph comme un routier des frichtis. Ça grésille chez les pommes de terre. « Julie et Karim proposent un pique-nique dimanche, annonce Roger. Elle veut qu'on retourne à la "petite carrière" comme elle disait gamine. C'est un gisement d'argile abandonné au milieu de la forêt. » Ah, la petite carrière. Il avait pensé y enfouir ses butins avant son dernier casse. Il cherchait un endroit sûr que seul un expert en déminage pourrait trouver. Finalement, il s'était produit quelque chose d'inattendu, et il lui avait préféré un autre endroit mangé par les ronces. C'était quelques jours avant son arrestation. Roger secoue la tête pour chasser les pensées qui l'émeuvent.

« On doit apporter le dessert, s'exclame-t-il.

— Tu veux qu'on bricole un truc ? Une tarte ? » propose Joseph.

Roger fait non de la tête, le nez dans son Picon dont il ressort avec un grand sourire : « Je vais aller lui chercher le vacherin qu'elle adorait petite à la pâtisserie du centre-ville. On y ajoutait des framboises, des mûres, des fraises des bois lorsque c'était la saison. Et puis je vais aller chercher du chèvre chez Gandelin, elle adore le vrai fromage, tu vois ce que je veux dire. T'aurais pas du papier cadeau ? »

Joseph se gratte l'occiput. « C'est pour emballer un gros objet ?

— Non », fait Roger la mine réjouie.

Joseph farfouille dans le bordel de son bureau, il en tire une jolie enveloppe décorée de motifs dorés.

« Ça ira, fait Roger en sortant de sa poche une bague en argent sertie d'un diamant. Du fait maison, de A à Z. Pour elle, sourit-il.

— Et t'en as encore beaucoup des cailloux comme ça ? risque Joseph.

— Joker, souffle Roger.

— Tu sais que ta fille pourrait tomber pour recel.

— Mais non. Malgré tout, il y a prescription. »

Ils éclatent de rire.

6

Doucement, Roger berce l'enfant qui s'est endormi tout droit contre son épaule. Il bave un peu, la bouche entrouverte. Il déteste qu'on le tienne couché dans les bras en berceau, il aime être à la verticale et observer les alentours jusqu'à tomber soudain de fatigue. Cette nuit, c'est l'ex-taulard qui a gardé le bébé avec lui pour que Joseph se repose. Ils alternent afin de ménager leurs forces. Pour la première fois, le bébé ne s'est pas réveillé à deux heures du matin, Roger a dormi profondément. En revanche il a tonitrué à six comme si on lui arrachait lcs entrailles, mort de faim.

« T'es comme le Chien, t'as pas de nom toi », dit Roger.

Nu comme un ver, Joseph se lave dehors, en ce début de matinée qui promet encore une journée chaude. Il a bricolé une douche extérieure au-dessus d'une antique baignoire en zinc où il se savonne avec un gros cube de savon de Marseille. Lui aussi pense à ce bébé qui n'a pas de nom. Mais il ne voit pas de quel droit il lui en donnerait un. « Un prénom, ça estampille une vie, ça révèle des racines. Et puis merde. » Il se sèche vigoureusement avec une serviette rêche, les pieds dans la baignoire. « On va aller consulter Karl Marx. Il aura peut-être un avis sur la question. Déjà pour savoir si le bébé est en bonne santé. Un psychiatre, c'est aussi un médecin parfois. »

Roger accueille l'idée avec une moue : « Quand tu ramasses le butin, tu ne commences pas par le montrer à tout le monde. Tu continues de rouler dans ta vieille Clio, tu t'habilles encore chez Celio et tu commandes le menu ouvrier.

— Mais tu ne connais pas Karl Marx, il préférerait se faire assassiner par un schizophrène plutôt que dévoiler son dossier médical. »

Roger soupire : « Si jamais ça bavasse sur nous, on saura qui c'est. »

Il n'a pas confiance dans les médecins, encore moins dans les psychiatres. Ce sont eux qui ont dépiauté sa vie en cour d'assises. Il n'a jamais digéré le compte rendu des experts devant les jurés : « solitaire, asocial », « épisodes mélancoliques associés à la remémoration d'une enfance violente ». Il y avait des dizaines de pages comme ça. Dans le jury, il avait vu des regards tristes, d'autres méprisants. Les psychiatres qui autopsient le cerveau pour envoyer des malheureux vingt ans en taule, très peu pour lui. Mais Roger se laisse convaincre. Karl Marx reçoit à toute heure, souvent gratuitement, il vaut mieux être matinal pour éviter d'attendre tant il y a de monde.

« En route donc », dit Roger en enfilant au petit un manteau de laine acheté la veille sur le marché à une vieille dame qui l'avait tricoté. Le bébé flotte dedans, il ressemble à un fantôme d'Halloween.

Roger baisse la vitre de la Lada en allumant une clope. « Non mais tu ne vas pas intoxiquer le bébé ! rugit Joseph en serrant le couffin sur ses genoux. Et puis doucement sur le champignon, il encaisse tous les nids-de-poule. Tu n'es pas au volant du Volvo. » Roger éclate de rire. « Promis, je vais lui acheter un siège bébé. » Son téléphone sonne contre la boîte de vitesses : « Putain, encore un numéro masqué, dit Roger en y jetant un œil.

— Ça arrive souvent ?

— Oui, je décroche, le gars ne dit rien et raccroche. C'est flippant. »

Ils écoutent tous deux la sonnerie, les Rage Against the Machine finissent par se taire.

Ils arrivent dans le hameau où vivent Karl Marx et quelques autres apaches. L'histoire remonte à la fin des années soixante-dix. Des gars et des filles tendance ultra-gauche voulaient vivre autrement et loin du monde. Emmenés par Karl Marx, un couple de profs, un potier, un paysan bio et un menuisier se sont installés ensemble dans la région. D'autres les ont rejoints. Ils ont fait des enfants dont quelques rejetons black blocs qui ont hérité des conseils des anciens. Ils ont bien vieilli. Ils font vivre le coin. Ils ont monté une AMAP, organisent des cafés philo. Ils se mobilisent pour les sans-papiers. Le doyen, arrivé il y a vingt ans, est un réfugié politique qui a repris la scierie. Sur le rebord d'une fenêtre de la jolie maison de Karl Marx, Roger et Joseph trouvent une ardoise sur laquelle il est écrit : « Je suis chez l'Indien. »

« L'Indien ? fait Roger.

— C'est comme ça qu'on l'appelle. Je ne lui connais pas d'autre nom, répond Joseph en haussant les épaules. Tu vas voir, chez lui c'est rudimentaire. »

Ils bifurquent sur un chemin caillouteux

qui les conduit jusqu'à un ermitage posé au milieu d'une clairière. Mi-baraque forestière, mi-cabane de berger, en grosses pierres de taille recouvertes d'un toit en tôle. Un feu ronfle dans la gueule d'un four à pain. Roger frappe à la porte.

« Ouais », grogne un ours mal léché.

La porte s'ouvre sur l'Indien qui, sans un regard pour les deux hommes et le bébé, retourne au pétrin où il boxe une grosse masse de pâte à pain.

« T'avais envie de voir travailler les autres, ronchonne-t-il à l'intention de Joseph.

— On vient consulter Karl Marx, c'est pour le petit. » Le bébé dort encore dans son couffin. « Il paraît qu'il est chez toi.

— Il ne va pas tarder », rétorque l'Indien.

Il se redresse, ôte la pâte qui colle à ses doigts. Ils se saluent du coude. Puis l'Indien jauge Roger des pieds à la tête. « Monsieur est nouveau dans le coin ?

— On sc connaît depuis la communale, précise Joseph.

— Ah, ouais, il a dû mieux tourner que toi », fait l'Indien.

Roger esquisse un sourire pincé.

« Je suis désolé les gars, faut que j'avance mon pain. Je suis à la bourre. Vous ne voulez pas vous occuper du four ? Faut pas trop le charger, hein, que des petits morceaux de bois, mais faites-moi de la bonne braise. Il y a du café chaud. Vous pouvez même ajouter une goutte de gnôle si ça vous chante. »

Voilà Joseph et Roger vautrés devant le four à pain.

« Pas commun, ton pote, dit Roger.

— Il y a trois ans ou même un peu plus, explique Joseph à voix basse, Karl Marx a découvert l'Indien dans un fossé près d'ici. Ça gelait à pierre fendre. Il n'avait qu'une espèce de vieux poncho sur le dos. Les pompiers l'ont transporté à l'hôpital, vraiment dans un sale état. Hypothermie, coma éthylique… Il n'avait que des vieilles hardes, quelques bricoles. Pas de portefeuille ni papiers d'identité. »

Roger mâchouille un brin d'herbe : « Ça ne sent pas la cavale ton histoire…

— Sûr que non. Les médecins l'ont requinqué tant bien que mal en nous disant que son foie avait mariné dans un alambic. L'autre problème, c'est qu'il était toujours aussi confus. Il disait qu'il était l'Indien, qu'il avait connu Jack London et qu'il allait à la pêche avec Jim Harrison.

— Et les psys, les neurologues ? demande Roger.

— Ils lui ont épluché le cerveau comme un chou-fleur. Conclusion : syndrome de Korsakoff.

— Quèsaco ?

— Pour faire court, les neurones en bouillie à cause de l'alcoolisme chronique : troubles de la mémoire, incohérence... Il est incurable, ont dit les toubibs. Direction l'HP ou l'hospice. »

Un Land Rover déglingué se gare devant la maison de l'Indien. Un géant barbu en sort, c'est Karl Marx. La soixantaine bien avancée, l'homme est beau avec ses yeux intenses sous des sourcils fournis, sa chevelure blanche coquettement travaillée, son élégance virile. Il dégage un sentiment de sécurité et de liberté.

« Il n'y a pas de pain dans le four ? demande-t-il aussitôt sans s'étonner de trouver là les deux amis.

— Je crois que l'Indien pétrit encore dans son tipi. Tu n'en manges pas beaucoup d'ailleurs, du pain. Tu as maigri », dit Joseph. Il a remarqué que depuis quelque temps, sa ceinture ne parvient pas à retenir le pantalon du psychiatre, qui lui tombe sur les hanches. De loin sa silhouette longiligne lui donne l'allure d'un play-boy, mais de près il est trop maigre.

« Je prends soin de ma ligne, rétorque le médecin. Vous devriez tous faire pareil.

— Tu ne serais pas trop coquet ? réplique Joseph. Ça tourne à l'anorexie, ta crise de la soixantaine. » Mais le psychiatre s'en est déjà allé rejoindre l'Indien.

« Tu crois vraiment que c'est un psychiatre ? » fait Roger. Il trouve Karl Marx trop atypique pour appartenir vraiment à l'espèce.

« Mais oui, murmure Joseph. C'est lui qui a tiré d'affaire l'Indien et continue de veiller sur lui.

— Respect.

— Tu sais, dans son malheur, l'Indien a eu de la chance de s'être trouvé à côté du hameau où vit Karl Marx. Il a passé un hiver chez lui. Le psychiatre l'a vraiment sevré. Un jour, alors qu'ils se baladaient ici, l'Indien a lancé : “Je vais faire du pain.” Sur le coup, personne ne l'a cru. Et pourtant, les gestes lui sont revenus comme s'il avait pétri, façonné et cuit la veille. Nous qui pensions qu'il avait le cerveau en bouillie. »

L'Indien sort de la maison plus vite qu'une fusée avec une planche de miches à enfourner. « Putain, bande de corniauds, c'est ça que vous appelez de la braise, vous allez me flinguer ma fournée, râle-t-il en plaçant une gamelle d'eau dans le four.

— D'habitude, j'ai droit à mon petit croissant, ironise Karl Marx.

— Oh ça, s'emporte l'Indien. C'était ton Valium à toi, mais depuis que tu ne manges plus rien, ils me restent sur les bras tes croissants. »

Le toubib désigne le couffin : « Vous avez apporté des provisions ? »

Joseph et Roger se regardent en coin, cramoisis.

« Ce n'était pas la peine, on ne manque de rien ici, ironise Karl Marx. Lorsque l'Indien aura fini son pain, vous m'en direz des nouvelles. Vous le goûterez avec le beurre de la ferme d'à côté et ma confiture de mûres. »

Le couffin se met à bouger. Joseph le serre un peu plus fort entre ses jambes. Le psychiatre fronce les sourcils quand un geignement sourd s'en échappe : « Vous avez trouvé une portée de chatons ?

— En quelque sorte, souffle Joseph embarrassé, jusqu'à cc qu'un puissant vagissement s'échappe du panier.

— Mon Dieu, c'est quoi, cette histoire ? » Karl Marx écarquille les yeux lorsque Joseph sort le bébé qui gigote.

« Un môme qu'on a trouvé sur l'autoroute, gronde Roger d'un ton à la fois protecteur et menaçant.

— Il est à qui ?

— Va savoir, on était en train de boire le

jus sur une aire d'autoroute. Une bagnole s'est arrêtée, a déposé le paquet et a redémarré en trombe. Nous, on est allés voir ce qu'il y avait dans le panier, explique Joseph.

— Et vous n'êtes pas allés aux flics ?

— Pour quoi faire ? Ce n'est pas eux qui allaient le torcher et lui donner à boire, siffle Roger.

— Et une maternité, vous y avez songé ?

— Pas le moins du monde », assène Joseph.

Le psychiatre a beau être un vieux routier de la dinguerie humaine, il en est tout chamboulé. « L'Indien, apporte la goutte, faut que je me remette. Et vous allez en faire quoi ? »

Joseph éclate de rire : « L'élever. Justement, on te l'a amené pour la première révision des mille kilomètres. »

Il tend le bébé, que Karl Marx soulève doucement et jauge : « Il tient bien sa tête ce petit bout, tonique comme un gin. Il est costaud, il me suit bien des yeux, quels yeux noirs ! Dis donc ! Sa mère n'est pas finlandaise. Deux mois et demi, peut-être trois. En tout cas, il a déjà une sacrée voix. Tu es beau, dis-moi. » Il faut reconnaître que l'enfant, dodu et brun, avec ses étages de cheveux doux comme des plumes, ses yeux ronds emplis de curiosité et toujours prêts à rire, est adorable.

L'Indien débarque avec de l'eau-de-vie de mirabelle cachée dans une bouteille de Perrier et quatre verres. Il se fige devant la scène : « C'est qui qu'a fauté ce chiard ?

— Personne, je t'expliquerai, tranche Karl Marx.

— Faut pas me la faire, il a bien des vieux ce môme.

— Justement non, on l'a trouvé sur une aire d'autoroute, dit Roger.

— Pas possible. C'est comme moi dans le fossé.

— Sauf que vous ne biberonnez pas la même chose, rigole Karl Marx. Apporte-nous une couverture et une serviette propre.

— Dieu que c'est sale, chez moi, râle l'Indien déjà reparti à son pétrin.

— Il est grognon ce matin, il a une crise d'arthrose aux mains, explique le médecin. Ce n'est pas simple pour pétrir. »

Joseph et Karl Marx ont étalé la vieille couverture militaire puis la serviette. Le médecin y dépose le bébé et le démaillote. Il le palpe, tourne doucement sa tête, fait aller et venir ses membres. Le bébé l'observe, ses doigts dans la bouche. « Vous avez vu, il a déjà deux dents qui percent, précoce le gamin.

— Pas possible, fait Roger, à genoux, tentant de situer les points blancs dans les gencives rougies. C'est pour ça qu'il n'arrête pas de pleurer. »

Le médecin défait la couche. « Vous en avez une de rechange ?

— J'y ai pensé », triomphe Roger, heureux comme un papa poule.

Resté debout, Joseph scrute la scène. Quand il a achevé de langer, Karl Marx se retourne vers lui : « Il va très bien ce bébé. Comment s'appelle-t-il ?

— On ne sait pas. Il n'y avait rien marqué dessus.

— Il lui faut un prénom. Vous l'appelez comment entre vous ? »

Joseph et Roger se regardent, gênés. « On ne l'appelle pas. Et puis d'ailleurs il faut qu'on y aille, coupe Roger à qui la tournure de la conversation déplaît. Faut qu'on passe chez Gandelin chercher des fromages pour ma fille.

— N'empêche, il lui faut un prénom, à ce gosse, grommelle Karl Marx en soulevant le bébé qui gigote en riant. Dis donc, j'ai oublié de te dire… »

Joseph se retourne et le psychiatre rigole : « Non, pas à toi, à ton pote réfractaire à la psychiatrie.

— Quoi ? rétorque brusquement Roger.

— Ton amie Muguette. Elle veut te voir. Elle ne comprend pas pourquoi tu ne lui fais pas signe.

— La pauvre. Qu'est-ce qu'elle s'emmerderait, avec un type comme moi. Comment tu la connais, d'abord ? s'étrangle Roger.

— Je la connais, c'est tout. Y a pas que toi qui as ta petite notoriété dans le coin. Alors, tu iras la voir ?

— Je ne sais pas. On verra. »

Roger sort précipitamment en tenant le bébé comme un sac de patates sur l'épaule, oubliant ses cris de peur et d'excitation.

7

Gandelin faisait du vrai fromage de chèvre. Pas du lait de biquette transformé dans une usine à fromage. Non, du chèvre qui emboucane à dix lieues. Plus vieux que Mathusalem, plus dur que le granit bleu des Vosges. Le genre de vivre réservé aux habitués du vieux munster, du maroilles affiné dans le tombeau de Toutankhamon, qui déclenche un Tchernobyl sur les papilles et qu'on endigue avec une vieille gnôle.

Casseur auto de son état, Gandelin est chevrier à ses heures. Quand il n'a pas les mains dans le cambouis, il est bavard comme une pie et malin comme un singe. On le connaît à cinquante bornes à la ronde. Il n'a pas son pareil pour flairer les monte-en-l'air comme les flics. Pour toutes ces raisons, on le soupçonne de renseigner la police, qui ferme les yeux sur ses petites affaires. La légende veut aussi qu'il soit un peu juge de paix quand l'orage tourne au fusil à pompe entre les larrons peu fréquentables du coin.

Joseph l'avait rencontré alors qu'il cherchait des pièces pour sa BMW 2002, une voiture allemande de 1970, rapportée de Paris et de son ancienne vie. Lorsque Joseph était arrivé pour la première fois chez le ferrailleur, une biquette trônait sur une carcasse de Simca Horizon. Gandelin avait interrogé Joseph comme s'il était un cave : « Tu ne viens pas de la maison Poulaga toi, au moins ? » Une fois la confiance établie, il avait entraîné Joseph dans sa cuisine et farfouillé dans un garde-manger dont il avait extrait deux fromages de chèvre : « Ça c'est cadeau. » Le cadeau était un miracle laitier.

Depuis, Joseph allait se ravitailler régulièrement chez Gandelin. Il lui avait présenté Roger. Le vieux roublard connaissait déjà de réputation l'ancien détenu comme un braqueur et un mécanicien de génie. Il avait immédiatement proposé à Roger de faire des heures au black pour lui. Ce dernier fabriquait des pièces de voiture introuvables sur une machine-outil, et Gandelin les facturait au prix fort à des bourgeois qui payaient bien.

À dix heures, Roger et Joseph arrivent chez Gandelin. La voiture roule au milieu des bêlements sur de la tôle écrabouillée. Le chevrier lève le nez d'une culasse et observe les deux hommes sortir de la voiture :

« Vous êtes venus pour de la bique ?

— Ben ouais, tu sais moi, la mécanique, ce n'est pas mon truc. À vrai dire, c'est Roger qui veut du fromage pour sa fille », répond Joseph en baissant sa vitre.

Gandelin s'approche de la voiture et jette un œil à l'intérieur, comme d'instinct : « Ben dis donc, vous avez fait un enfant ? C'est quoi ce marmot ? »

Le bébé a les yeux grands ouverts dans son couffin ficelé par les ceintures de sécurité. Il les observe calmement.

« C'est mon petit-fils, affirme Roger.

— Ah ? Je ne savais pas que ta môme était enceinte. Félicitations, il est beau. On va d'abord se faire un petit mâchon, décrète Gandelin.

— Oui, mais rapide hein, dit Joseph. On a le gosse dans la voiture.

— Ah s'il vous plaît ! Ce n'est pas parce que vous voilà grands-pères qu'on ne va plus prendre l'apéro. »

Ils entrent dans la cuisine. Des nuées de mouches agonisent sur des rouleaux attrape-mouches au-dessus de la toile cirée de la table. Gandelin sort trois verres qui n'ont pas vu le Paic Citron depuis la saint-glinglin, y verse de grandes rasades d'eau-de-vie.

« La poire d'un gars à qui j'ai ressoudé l'alambic, fait-il en sortant un saucisson dont il coupe des tranches fines. Goûtez-moi ça ! C'est bon et un peu corsé, ça va bien avec l'eau-de-vie.

— C'est quoi ? tente Joseph en mâchant. Drôlement goûteux.

— De la chèvre », triomphe Gandelin.

Roger sait se tenir à table, mais il ne peut s'empêcher de tordre du nez.

« Elle ne donnait plus rien et elle devenait caractérielle, se justifie Gandelin. Ça coûte, les bêtes, lorsque ça ne produit pas. »

Roger n'est pas convaincu : « Elles vous avaient assez rapporté pour finir peinardes, tout de même.

— On voit bien que ce n'est pas toi qui les élèves, s'étrangle Gandelin. Les temps sont durs depuis un an, j'arrive plus à écouler ma marchandise. Sans compter que j'ai manqué de foin cet hiver, j'ai dû en racheter. »

Joseph sent que le ton peut monter vite

entre ces deux hurluberlus. Roger est susceptible, il n'aime pas qu'on le tutoie. « Écoute, c'est toujours mieux de finir en saucisson qu'à l'équarrissage », ose Joseph. Roger fait « mouais » et sort fumer.

« Il est bizarre ton pote ces temps-ci, chuchote Gandelin. C'est d'être devenu grand-père ? Il ne serait pas un peu écolo vegan ? »

« Tu parles ! » pense Joseph.

Roger passe une tête par la porte : « Vous en avez d'autres, des chèvres qui vont finir en saucisson ? »

Le chevrier hausse les épaules tristement : « Théoriquement, j'en ai deux, mais le charcutier qui me prépare ça au black n'a plus le temps. »

Roger fait un signe de la tête à Joseph. Il l'attire dans la cour où une chèvre tourne en rond tel un derviche : « Prête-moi ton turlu, je vais appeler un ami. » Il s'éloigne, met la main devant la bouche, parle à voix basse. Puis il annonce à Joseph : « J'ai une solution. »

Il retourne d'un pas décidé dans la cuisine et demande au chevrier : « Vous en voulez combien, de vos deux bestioles ? »

L'autre, surpris, avale son verre de goutte d'une traite : « Ben rien, qu'il bredouille, si ça peut vous arranger. » L'assurance de Roger l'impressionne.

« Vous nous prêteriez votre Citroën C15 qu'on puisse les transporter ? On vous refera le plein.

— Mais vous allez faire quoi avec mes bestioles ?

— Je les emmène en EHPAD. Ne vous inquiétez pas, elles auront une bonne fin de vie. »

Ça bêle, ça chevrote dans la camionnette poussive sur l'autoroute. Roger est aux anges. Il ne veut rien dire de son plan chèvre.

« Tu sais, je me demande si tu n'es pas plus fou que lorsque tu préparais tes braquages », risque Joseph. Il a pris le couffin sur ses genoux et le serre contre lui. Il joue avec le bébé en lui chatouillant le ventre, l'enfant est mort de rire. Puis il sort le gamin et le pose sur ses genoux. Les doigts dans la bouche, bavant tout ce qu'il peut, le petit fixe passionnément la route. Roger soupire : « Au moins là, je ne risque pas vingt piges.

— Mais pourquoi tu voulais tant ces chèvres ? insiste Joseph.

— Gamin, avant d'être placé à l'Assistance, j'avais trouvé une biquette sur un terrain vague et je l'avais adoptée. Elle me suivait comme un chien. On était tout le temps ensemble, dans la forêt, dans les prés, au bord de la rivière.

Un samedi midi que je rentrais de l'école, je l'ai découverte suspendue à une branche de cerisier. La tête en bas, égorgée. Mon père était en train de l'éviscérer. Il s'est foutu de ma gueule en lançant les boyaux à mes pieds : "On va bien manger dimanche !" J'aurais tellement voulu qu'il soit à la place de la biquette. »

Ils empruntent enfin un chemin caillouteux. Devant le portail, un colosse les attend.

« C'est Michel, dit Roger. On s'est connus à la centrale de Moulins-Yzeure. Il est sorti avant moi. Aujourd'hui, il garde une propriété avec des hectares, les chèvres seront comme des coqs en pâte. »

En effet, les deux bêtes partent d'un bond au milieu des genêts et disparaissent. Michel sert le café à ses hôtes, ainsi que des tartines du miel de ses ruches qu'il fait goûter au bébé. Lequel darde sa langue et tente de saisir le couvert en bois, ses joues sont vite collantes et roses. Les trois hommes rient de le voir si gourmand. Il mâche frénétiquement le bois pour apaiser ses gencives tout en suçant le miel. Michel donne un vigoureux coup de poing sur l'épaule de Roger : « C'est bien, la liberté, non ? »

Lorsqu'ils rapportent le C15, Gandelin les accueille avec une brassée de jeunes poireaux. « Ils poussent tout seuls entre les carcasses.

— Je m'en occupe », dit Roger.

Pendant ce temps, Joseph entre chez Gandelin pour changer le petit et préparer son biberon.

« Viens voir ce qu'il fabrique, je n'ai jamais vu ça ! » s'exclame Gandelin en entrant dans la maison. Joseph suit le chevrier, tenant le biberon et le bébé qui tète. Roger, campé devant son établi, est en train de cuire avec un chalumeau des papillotes dont se dégage un parfum de poireau rôti.

« Des poireaux à ma façon, dit Roger.

— Et elle vient d'où cette façon ?

— Formation de soudeur monsieur. À la fin, le maître de stage nous a montré cette recette. Tu prends des poireaux, tu les nettoies. Tu les badigeonnes d'huile d'olive, tu les emballes dans du papier sulfurisé puis dans du papier d'aluminium. Puis tu les cuis tranquille au chalumeau. À la fin, tu ouvres les papillotes et tu redonnes un coup de flamme directement sur les poireaux pour les dorer.

— Et c'est bon ? tente Gandelin.

— Si c'est mauvais, tu me vires sur-le-champ, décrète Roger.

— J'ai oublié de te dire un truc », dit l'autre. Il semble embarrassé, fait descendre sa casquette sur la nuque et se gratte le crâne. « Mais j'ai peur que tu m'en veuilles.

— Quoi ? dit Roger. Accouche, je n'en suis pas à ma première.

— Y a Carpentier qui est passé, il voulait des pièces pour sa voiture. C'est un pote à moi, on peut dire ça. Il m'a demandé si j'avais des informations sur ton compte.

— Alors il est toujours de service celui-là… Il ne me lâchera jamais. Les flics, ça ne lâche rien. Et alors ? Je n'ai rien à cacher, tu lui feras passer le message.

— C'est ce que je lui ai dit. Mais je n'ai pas l'impression qu'il pense à mal. Plutôt qu'il est embêté pour toi, il craint que tu aies des ennuis. Y a pas que lui qui le dit, hein… »

— Quoi ? rugit Roger. Bon Dieu, quelqu'un va-t-il enfin cracher le morceau ?

— Paraît que le Boiteux est dans les parages, et qu'il te cherche. Alors… ça ne doit pas plaire à Carpentier. Il t'aime bien, tu sais.

— Mais bien sûr. Un flic, ça aime, peut-être ! »

8

Entre chien et loup, Roger roule à tombeau ouvert sur le chemin qui mène à la maison forestière. Il ignore les cailloux qui rebondissent sur la carrosserie, il s'en moque. Si jamais une pierre casse quelque chose sous le fourgon, il réparera avec les outils de Gandelin. Il monte le son de Prince en franchissant les ornières remplies par les dernières pluies. Lorsqu'il a pris son portable dans le camion en rentrant de chez le chevrier, il avait trois appels masqués en absence. Depuis la semaine dernière, cela fait douze appels et autant de messages. Sur certains d'entre eux, on entend nettement quelqu'un soupirer bruyamment. Sur les derniers, la voix ricane. « Eh bien, qu'il vienne, le Boiteux. Je l'attends », éclate soudain Roger. Il ne peut s'agir que de lui. Gandelin a pris des risques en l'avertissant. Dans le milieu, on n'aime pas les poucaves.

Si Carpentier est au courant, c'est que les affaires du Boiteux se précisent. Tout recommence toujours, se dit Roger, on ne me laissera jamais en paix.

Bien sûr, il a peur. Depuis que Gandelin a parlé, il ne regarde plus son environnement de la même manière. Il scrute les sous-bois, s'arrête pour se retourner ou écouter lorsqu'il travaille seul en forêt. Son cœur bat plus vite. En même temps, il n'a jamais été aussi heureux que depuis l'arrivée du bébé, il veut protéger son bonheur. Il veut savourer cette légèreté et cette insouciance qu'il n'avait pas retrouvées à sa sortie de prison. Il doit bien se faire à la vérité : ce bébé lui donne de la joie et il ne veut pas se la laisser enlever une nouvelle fois. Julie était un trop gros sacrifice. Alors oui, le Boiteux peut venir. Il sera bien reçu.

Quand ses complices jubilaient devant l'or et l'argent braqués, Roger sentait retomber l'adrénaline et ne ressentait plus aucun plaisir. Il avait connu la même sensation en abordant les terrains minés de Bosnie. Il ne recherchait pas la gloire de l'après, mais la sensation du danger. D'aucuns le prenaient pour une tête brûlée. Il cherchait simplement à apprivoiser sa peur. Il l'avait compris en observant le travail des chiens démineurs près de Sarajevo, il avait alors fait équipe avec un berger malinois et son maître. Lui aussi aimait flairer le sol bourré d'engins de mort. Il travaillait à mains nues, comme l'animal avec sa truffe. Un jour, un gradé lui avait murmuré avec mépris : « Vous êtes un trompe-la-mort. »

Roger aimait ce contact direct avec le danger, comme le pouce qui parcourt le fil tranchant d'un couteau. Il n'aimait pas les armes. Il n'avait qu'une pince multifonction dans sa poche et une lame de combat dans sa ranger, offerte par un légionnaire, qui lui faisait plutôt office de grigri ou de couteau à dessert. La seule fois qu'il s'en était servi pendant la guerre, ç'avait été pour déchirer le pantalon d'un blessé et lui faire un garrot avant de mettre les bouts. La présence du Boiteux autour de son nouveau bonheur, cela réveillait en lui un profond instinct de vie.

À la vue de la maison forestière, Roger éclate de rire. Il imagine déjà la tête de Joseph quand il va ouvrir la porte du fourgon. Son ami est assis sur le banc de pierre sous la treille. Il tient le bébé sur ses genoux et lui chante des chansons en faisant tourner ses mains. Le gosse essaie d'attraper les doigts et les tire dans tous les sens. Le Chien saute de temps en temps pour lécher le bébé. Ils se connaissent bien, maintenant, l'enfant laisse faire.

« T'en as mis du temps, dit Joseph d'une voix tranquille.

— Il y avait du monde au centre commercial et sur la route, sourit Roger. Il a fini son biberon ?

— Oui, je lui ai même fait un surplus, c'est un gourmand. Regarde comme il est gras ! Un sumo. Tu as pensé aux couches ? »

Roger se fige : « Et merde… j'ai pensé à tout sauf à ça. »

Joseph secoue la tête en palpant le postérieur du bébé : « On fait comment jusqu'à demain ?

— Désolé, je ne l'ai pas fait exprès.

— Évidemment que tu n'as pas fait exprès, gros malin. Heureusement, même, j'ai envie de dire », lui lance Joseph. Il tend le nourrisson à Roger : « Prends-le et suis-moi. »

Joseph farfouille dans un coffre où il entasse ses vêtements et en sort un tee-shirt à manches longues. Il ouvre le tiroir du buffet, s'empare d'une paire de ciseaux et d'une épingle à nourrice : « Verse l'eau chaude dans la petite bassine. Démaillote le gosse et lave-lui les fesses. »

Roger ne se fait pas prier. Il ôte délicatement la grenouillère et la couche. Il essuie les fesses avec le papier accroché au miroir au-dessus de l'évier, vérifie la température de l'eau et y dépose le bébé dont les yeux noirs se mettent à briller de joie.

« T'aimes l'eau, hein, mon gamin », se réjouit Roger en le lavant doucement avec un gant de toilette. L'enfant chantonne. Lorsque Roger se retourne, Joseph a étalé le tee-shirt sur le plateau de chêne de la cuisine. Il replie les deux côtés de façon symétrique en laissant les manches à l'extérieur, puis le haut du sous-vêtement vers le bas. Roger n'en perd pas une miette.

« Tu l'as bien séché ? » murmure Joseph.

Roger hoche la tête. Il s'applique quand Joseph lui demande de déposer le bébé au milieu du tee-shirt plié en forme de T.

« Tu remontes le bas comme ça, entre ses jambes, souffle Joseph. Passe les manches autour de son dos et ramène-les sur l'avant.

— Et maintenant ? » demande Roger, éberlué.

Joseph lui tend l'épingle. « Tu attaches les manches sur son ventre et tu fais gaffe de ne pas le piquer.

— Comment tu sais tout ça ? » murmure Roger.

Joseph ne répond pas, un silence de mort pèse sur la maison.

Roger couche l'enfant dans son couffin. Joseph range ses ciseaux. « Et si on se buvait une mousse », tente Roger pour alléger l'atmosphère. Il décapsule deux canettes. Les deux hommes boivent face à face.

« T'as jamais appris à coudre, à l'armée ? dit Joseph comme s'il s'expliquait.

— Arrête. Tu sais aussi bien que moi qu'on n'y apprend pas à faire des langes. »

Joseph avale une gorgée : « Moi, je regardais faire ma mère, tu te rappelles, elle était couturière.

— Oui je sais bien. Mais bon. » Roger soupire et se lève : « Allez viens, on va déballer tout ce que j'ai acheté pour le môme. »

Quand il ouvre les portes du Ford Transit, Joseph ne peut réprimer une exclamation : « Tu es dingue ! » Dans la camionnette, il y a de quoi remplir une nurserie. Du lit pour bébé, avec ses barreaux bicolores et son matelas, à la table à langer, en passant par la commode, le transat, le siège auto et le parc. « Tu sais, je suis allé à Dijon chez... euh, comment t'appelles ça, Maisons... ?

— Maisons du Monde, dit Joseph.

— C'est ça, j'ai alpagué une vendeuse. Je lui ai dit : "Je veux tout pour une chambre de bébé.” Elle avait l’air ravie de servir un homme pour ça. Elle m’a demandé les modèles que je voulais et dans quelle gamme de prix. “Ce qu’il y a de mieux, l’argent n’a pas d’importance”, je lui ai dit. »

Roger le flambeur triomphe en exhibant un mobile musical orné de croissants de lune et d’étoiles. Il a énormément aimé claquer l’argent.

« Tu aurais vu la tête des gens à la caisse, surtout les femmes ! Il y en a une, genre déjà grand-mère, qui m’a chuchoté : “C’est pour quand ?” J’ai dit bien fort : “Avant-hier.” Tout le monde s’est marré. »

Les deux hommes n’en finissent pas de transporter les articles dans la grande pièce. Le Chien se faufile joyeusement au milieu des cartons. Joseph hoche la tête : « Ça ne va jamais tenir ici.

— Mais si, le rassure Roger. Si tu savais tout ce que j’ai pu mettre dans neuf mètres carrés en prison. Et puis attends, ce n’est pas fini. »

Il tend deux boîtes en carton à Joseph, qui lève les yeux au ciel : « Qu’est-ce que tu veux qu’on fasse avec un chauffe-biberon et un mixeur, je n’ai pas l’électricité !

— Ah mince, dit Roger. J’avais oublié.

On va réparer l'installation, c'est fini l'âge de pierre. » Joseph hausse les épaules : « Je m'en fous, je m'éclairerai toujours à la bougie le soir. On a fini de vider le camion ?

— Presque, laisse », dit Roger. Il revient encombré de sacs : « Une tenue par jour pour le petit monsieur, grenouillères, pyjamas, gilets et j'en passe... »

Brusquement, Joseph étouffe sous cette avalanche d'achats. Ces cartons, ces sacs grignotent la thébaïde qu'il a voulue la plus dépouillée possible pour vivre sa solitude. Roger au contraire est aux anges, alors qu'il y a encore quelques jours, il ne voulait pas entendre parler de cet enfant. Ce soir, c'est Joseph qui perd le nord. Il est désorienté dans sa propre maison, où il voulait la lumière de la bougie et le feu de bois dans la cuisinière ventrue. L'idée de rétablir l'électricité le panique. Il aime s'éveiller quand le levant ourle les frênes, il aime entendre ses pas glisser dans la rosée avec la bouilloire qui chantonne sur la cuisinière, il aime frissonner au contact de l'eau glaciale sur sa nuque. Il aime la paix silencieuse du soir. Il retarde au maximum le moment où il allume sa lampe à pétrole ou sa bougie. Il ne se voit plus appuyer sur un commutateur pour éclairer son intérieur et sa tristesse.

« Tu m'écoutes ? le secoue Roger.

— Quoi ?

— Tu veux qu'on monte les meubles ce soir ? Je n'ai pas beaucoup de temps. Je dois aller chercher le vacherin chez le pâtissier et préparer le pique-nique de demain avec Julie. Tu te souviens ?

— Une chambre d'enfant à monter. » Joseph avait longtemps pensé : « Plus jamais ça. »

« Putain, Joseph, tu es complètement ailleurs.

— Hein ? Non, laisse, je monterai tout ça demain matin.

— J'essaie de trouver des Pampers, assure Roger avant de sortir.

— Laisse la porte ouverte, j'ai besoin d'air.

— Fais gaffe que le petiot ne prenne pas froid.

— T'inquiète, il est bien couvert et je vais refaire du feu. »

9

Roger a retiré ses rangers, ses chaussettes de laine, et remonté le bas de son jean. Il savoure la caresse de l'herbe sous ses pieds et marche vers le ruisseau, fouettant les ronces avec une branche pour les écarter. Il entend le cri strident d'un martin-pêcheur dont la silhouette rase l'onde. Roger sourit. À la centrale de Clairvaux, un type imitait à s'y méprendre les chants des oiseaux. Les gars lui donnaient des clopes en échange de ses vocalises. Les soirs d'hiver, quand le brouillard enveloppait la forêt environnante, le blues était encore plus mordant dans les cellules. Le mec chantait comme un merle jusqu'au bout de la nuit. Le soir de la Saint-Valentin, il s'était tu pour toujours : les matons l'avaient retrouvé pendu. Il avait dessiné une mésange en guise d'adieu.

« Fait chier, c'est froid », grogne Roger en trempant un orteil dans l'eau. Mais c'est plus fort que lui, il plonge jusqu'à la ceinture dans le ruisseau. Il hoche la tête en se disant : « Plus con que moi, on ne fait pas. Je suis trop vieux pour ces jeux de gamin. » Avec Joseph, ils devaient avoir douze-treize ans quand ils se trempaient ainsi dans la Valouse. Sans un bruit, leurs mains agiles disparaissaient dans un trou d'eau, sous un caillou ou un enchevêtrement de racines. Elles en ressortaient triomphantes, brandissant une truite. Roger se remémore ces gestes d'apprenti braconnier en fouillant les caches possibles du poisson : ouvrir les mains, les avancer jusqu'à sentir une nageoire, une queue que l'on remonte, saisir le poisson derrière la tête par les ouïes. Mais ses doigts gourds ne palpent que la boue, la vase et le bois mort. Il s'y reprend à plusieurs fois, espérant la truite qu'il voudrait griller pour Julie et Karim. Il enfonce encore les bras dans le ruisseau lorsqu'une ombre surgit d'une anfractuosité et fonce entre ses jambes. Roger part en arrière et boit la tasse. Trempé comme une soupe, il se remet debout et éclate d'un rire enfantin : « Merde ! Un ragondin ! »

Devant le feu qui crépite, Roger se désape. Il improvise un étendoir avec des branches. Un tracteur ralentit en passant près de lui, le conducteur le dévisage. Roger lui fait un doigt d'honneur : « Tu veux ma photo ? » Les vêtements sont encore humides quand Roger les renfile. Il a juste le temps de se précipiter au Super U où la poissonnière remarque : « Vous êtes tout mouillé.

— Un accident de pêche. Je voudrais quatre truites.

— Elle n'a pas été bonne, cette pêche ! sourit la jeune femme.

— On fait ce qu'on peut. Rajoutez-moi un bouffi, s'il vous plaît. »

Roger n'aime rien tant que le hareng fumé, un poisson que lui a fait découvrir un ancien matelot de Boulogne-sur-Mer reconverti dans le déminage. Il achète aussi un oignon et prend la route de la petite carrière.

Le gisement d'argile, qui autrefois faisait dans la forêt une enclave lunaire, a changé d'aspect. Plus herbeux et boisé, le lieu a gagné en atmosphère bucolique mais perdu en étrangeté. Roger y allume un feu, déplie une bâche puis, les poings à la taille, il réfléchit à l'organisation de son pique-nique.

Il a déballé les fromages de Gandelin et disposé autour du feu les gamelles et les timbales, souvenirs de l'armée. Les bouteilles de pastis et de gamay enfoncées dans la terre humide penchent l'une vers l'autre comme de bonnes copines. Roger a caché la glacière du vacherin derrière le sac, il veut que ce soit une surprise. Il a ouvert le sachet des truites gluantes qui attendent l'arrivée des invités à côté des baguettes que la boulangère avait mises de côté pour lui avec le dessert. Il s'est rallongé dans l'herbe quand son portable vibre. C'est la voix de Joseph : « Alors, combien de truites ?

— Nada, j'ai dû pêcher au Super U.

— Ça s'est bien passé ? » s'inquiète Joseph. Il sait que la liberté retrouvée reste un exercice pas toujours très simple pour Roger. Souvent, l'ancien détenu est pris de panique dans la file des caisses d'un supermarché. Roger n'est jamais aussi bien que lorsqu'il va cueillir l'ail des ours et l'asperge sauvage dans la forêt de la Crochère ou qu'il taquine la truite dans un vallon paumé. Roger se gave de silence et d'air pur après toutes ces années avec pour seul horizon un bout de ciel grillagé.

« Il n'y avait personne et la poissonnière était mignonne. Et le petit ? rétorque Roger.

— Après son biberon, il a eu une érection matinale digne de Rocco Siffredi. Ensuite il s'est rendormi de bonheur. Commencez à manger, on arrive dès qu'il se réveille. »

Une voiture se gare à l'orée de la clairière et Julie en descend au moment où un rayon de soleil éclaire le lieu du déjeuner. Elle porte une jupe à fleurs et un pull au col camionneur, et donne la main à Karim qui ferme la voiture. Allongé sur un coude près du feu, Roger se roule un épais pétard de tabac en les regardant venir vers lui : « Ça va les jeunes ?

— Tu es arrivé il y a longtemps ? fait Julie gaiement.

— J'ai toujours été ici, ma fille. La nature », dit Roger grand prince en ouvrant un bras vers le paysage.

Karim rit, Julie lève les yeux au ciel et soupire. Elle fait signe vers le taillis et les arbres qui ont envahi la carrière de son enfance. « Dis donc, ça a pas mal changé ici. Tu te souviens quand on faisait semblant d'être des cosmonautes et de marcher sur la lune ? Allô allô, ici la lune… » Bien sûr, Roger se souvient, mais il ne supporte pas d'évoquer ces souvenirs.

« Qu'est-ce qu'on boit ? dit-il avec autorité.

— Karim sort de vingt-quatre heures de garde, il lui faut un petit remontant, dit Julie. Il a juste eu le temps d'enfiler une chemise propre.

— Très élégant, mon gendre, dit Roger en inclinant la tête devant Karim qui porte une chemise blanche sous un col en V. Pour les fins de garde, je recommande un petit pastis.

— Léger alors, acquiesce Karim.

— Qu'est-ce que tu nous as préparé de bon ? demande Julie. Comme promis, je n'ai rien apporté ! » Elle ouvre les mains. Roger lui avait fait jurer de ne rien prendre avec elle, il aime faire le *pater familias* depuis qu'il est sorti de prison.

« Ton vieux père n'est plus capable de choper les truites à la main, on aura celles du Super U, mais elles sont bonnes, je les connais. » Après avoir servi les pastis, toujours couché à la romaine, Roger se redresse, retrousse les manches de son pull en laine et se met à la cuisine. Bientôt, la peau du poisson grésille sur la braise. Julie s'assoit à côté de son père et regarde les flammes. Son regard s'adoucit, elle bâille.

« Il y a quelqu'un qui aimerait beaucoup te revoir, dit-elle à son père qui regarde dans la même direction.

— Ah ? Je me demande bien qui, dit Roger qui fait mine de ne pas être intéressé.

— Muguette.

— Quoi Muguette ?

— Eh bien elle aimerait te revoir.

— Qu'est-ce que vous avez tous à m'emmerder avec Muguette ? Tu sais, ma fille, tout ça, c'est des vieilles lunes. J'ai tourné la page. Et d'abord, comment tu la connais, Muguette ?

— On se croise en ville, et à l'hôpital quand elle a des consultations. Elle est très gentille avec moi et demande de tes nouvelles. À l'époque où tu étais en prison, elle appelait souvent maman, elle m'emmenait au cinéma ou au café. Elle a toujours entretenu le lien. Elle dit qu'elle te doit tout. Elle se sent coupable de ce qui t'est arrivé. »

Roger part dans un grand éclat de rire : « Ah, c'est bien Muguette, tiens ! Tout le monde doit quelque chose à quelqu'un. Qu'elle ne se fasse pas de bile. »

Il lève avec soin les filets de truite qu'il sert dans les gamelles à Julie et Karim, débouche la bouteille de rouge et remplit consciencieusement les timbales. « Vous m'en direz des nouvelles. » Pendant que Julie et Karim mangent avec plaisir, il entame le hareng. « C'est quoi ? demande Karim.

— Du bouffi, répond Roger la bouche pleine. Ça vient du pays où les gens parlent avec des cailloux dans la bouche, je les aime bien, là-haut, dans les Hauts-de-France, comme on dit maintenant. »

Il lui tend un morceau de poisson fumé sur la pointe de son couteau.

« C'est bon, savoure Karim.

— Et les truites ? demande Roger. Elles sont comment ? »

Julie se lèche les doigts : « Une tuerie, petit papa.

— Tu m'étonnes, dit Roger. Rien n'est meilleur que la cuisson au feu de bois. »

Les deux médecins ont vite fait de saucer leurs assiettes avec des gros morceaux de baguette et entament sans se faire prier les fromages de Gandelin. « Ah, mon Dieu papa, gémit Julie en croquant dans le premier chèvre.

— Eh ben l'orgasme ! rigole Roger. Le prends pas mal, hein, ajoute-t-il en serrant le bras de Karim. Heureusement que vous ne voyez pas de patients cet après-midi, ils tomberaient à l'odeur. Vous avez intérêt à ne pas sortir. Bon, vous ne regardez pas », ordonne-t-il quand les fromages arrivent à extinction. Il se tourne vers son sac à dos et en extrait deux bougies en forme de trois et de zéro, un briquet. Il tend le bras vers la glacière dont il sort le gâteau. Il tremble un peu en allumant les bougies et fait soudain volte-face : « Bon anniversaire, Julie !

— Ce n'est pas mon anniversaire ! s'exclame-t-elle perplexe.

— Et alors ? J'en ai raté tellement que, maintenant, les anniversaires c'est quand je veux. » Il sort son poignard de poche et découpe le gâteau en larges parts.

Julie mange à cuillerées appliquées sa part de vacherin qui fond : « Il n'a pas changé. Quel pâtissier, tout de même. Enfant, j'en mangeais tellement que la nuit j'en rêvais. » Discrètement, Roger se retourne à nouveau vers le sac et en tire une enveloppe : « Tiens, dit-il à Julie.

— C'est quoi ?

— Ben, ouvre. »

Julie décachette l'enveloppe et découvre la bague sertie d'un diamant. Elle tourne le bijou entre ses doigts. « Je ne sais pas trop quoi dire, fait-elle sévèrement.

— Ne dis rien, alors. Je voulais marquer le coup de ton changement de décennie.

— Karim aussi a marqué le coup, regarde », dit Julie en tendant le poignet.

Une montre y est attachée, le cadran est orné d'une calligraphie arabe. « Ce sont des mots d'amour dessinés par Muguette. Tu sais qu'ellc est émailleuse ? » Roger effleure le verre : « Oui. Paraît que c'est ce qu'elle est devenue. Elle a un sacré tour de main, Muguette. Mais ma bague, tu l'aimes ?

— Tu me promets que tu ne l'as pas volée ? dit Julie en tenant le bijou entre le pouce et l'index.

— Non je ne te le promets pas ! Voleur, c'était mon gagne-pain, je te rappelle, bougonne Roger. Rends-la-moi, si ça ne te fait pas plaisir. »

Roger est soudain abattu, le dos voûté. Il triture les braises avec un bout de bois et grommelle : « Je suis con, évidemment. »

Julie enfile la bague, passe les bras autour du cou de son père, elle lui parle doucement. Ils finissent par rire. Roger déridé prend son téléphone : « Putain, et Joseph qui ne répond pas à mes messages. »

Joseph ne peut pas répondre parce qu'il conduit. Il s'est mis en route dès le réveil du bébé. Il l'a habillé avec la marinière qu'il vient de lui acheter et la salopette en jean que Roger veut qu'il porte pour être chic. Le Chien aussi est du voyage, il a le museau posé sur le couffin. Joseph s'engage dans le chemin menant à la carrière, il aperçoit Roger, Julie et Karim autour du feu. Il appréhende les présentations. « J'espère que Roger leur a expliqué l'affaire. Ce n'est quand même pas à moi de raconter ! » Il ne sait pas s'il a envie de rire ou d'éclater en sanglots. Les embuscades de sa vie, les heureuses et les tragiques, défilent à un train d'enfer dans son cerveau. Il s'arrête net et coupe le moteur.

« Qu'est-ce qu'on va leur raconter, bon Dieu ? » se répète-t-il.

Il porte le couffin dans ses bras, le Chien court en direction d'une haie où il a repéré une bestiole. Karim et Julie viennent à sa rencontre. Joseph remarque que leur expression change à mesure qu'ils observent le panier. Roger, resté près du feu, leur tourne le dos et fume. Joseph aspire une bouffée d'air pour chasser sa boule au ventre, met le doigt devant la bouche face aux tourtereaux qui le fixent et chuchote : « Il dort.

— C'est qui, ce beau bébé ? dit Karim en se penchant.

— Roger ne vous a rien dit ? » Le cœur de Joseph bondit dans sa poitrine.

« Non, mais ce n'est pas grave, si ? » dit Julie doucement.

Elle avance la main en direction du couffin : Joseph écarte les poignées en dardant des regards furieux dans le dos de Roger. « Il est trop chou, s'exclame Julie.

— En tout cas il est grand pour son âge, dit Joseph fièrement.

— Plus bas, il dort, murmure Karim.

— Il paraît qu'il n'est pas très vieux, deux mois et demi, trois », répond Joseph.

Julie effleure les cheveux dans le cou du nourrisson : « Il est à qui, ce petit ?

— Ben, à nous », dit Joseph.

Julie et Karim se redressent, interloqués.

« Comment ça ?

— On l'a trouvé.

— Mais on ne trouve pas un enfant comme ça ! s'exclame Karim.

— Si, sur l'autoroute, siffle Joseph. Roger devait vous expliquer, mais apparemment... il n'a pas eu le courage. Tu entends, Roger ? Tu n'as pas eu le courage ! »

La jeune femme secoue la tête : « Pas possible. Si un jour on m'avait dit ça... Un cadeau de l'autoroute... » Le bébé tourne la tête sans ouvrir les yeux, il tète l'air.

« Ses petits habits, c'est vous qui les avez achetés ?

— Oui, votre père a choisi le jean, moi la marinière. C'est la tenue du jour. »

Joseph avance vers le feu, Julie ne quitte pas du regard le couffin. Roger n'a pas bougé d'un iota, assis sur sa bâche il fixe le paysage. « Vous avez une cigarette ? demande Julie qui ne fume jamais sauf en cas de grande émotion.

— Une Camel, ça vous va ? » dit Joseph timidement.

Il pose le couffin près de Roger et sort son paquet de clopes.

« Et ce bébé a été abandonné ? continue Karim.

— Déposé sur une aire devant les toilettes. On était là, on l'a pris, dit Joseph en cherchant le regard de Roger.

— C'est couillu », ose Karim.

Joseph profite de l'ouverture : « On n'allait pas le laisser sur cette aire d'autoroute, tout de même.

— Vous auriez pu aller à la gendarmerie, à l'hôpital, dit Julie.

— On n'a pas voulu qu'il atterrisse on ne sait où. Et puis la police avec Roger…

— Elle aurait eu des doutes ?

— Évidemment. C'est comme le Chien, là-bas, il a débarqué un jour et il n'est jamais reparti. Personne ne le réclame, ce gosse.

— Mais un chien, ce n'est pas un bébé ! explose Julie.

— Oh, sur le fond, vous savez, il n'y a pas beaucoup de différence. Ça mange, ça dort et ça rigole, dit Joseph.

— Ah, ce n'est pas faux ! dit Karim en riant.

— Vous vous êtes vraiment bien trouvés avec Roger, fait Julie mi-figue mi-raisin.

— Chérie, tu sais, on fait la même chose à

l'association. On accueille et on aide sans trop demander la permission. S'il fallait qu'on soit réglo sur tout, on n'aurait qu'à fermer boutique.

— Mais Karim, on accueille des migrants, pas des bébés !

— Parfois, il y a des mineurs isolés. On ne leur demande pas qui sont leurs parents avant de les aider. On sait bien qu'ils ne pourraient rien pour eux. »

Le nourrisson se met à couiner comme un chiot. Joseph se lève : « Roger, tu fais chier, tu aurais pu leur dire toi-même. »

L'ex-taulard se retourne, les yeux remplis de larmes. « Pardon, Julie. La bague, le gosse… Je ne fais que des conneries, je ne suis pas digne de toi.

— Pourquoi ? dit-elle ingénument.

— Je mets tout le monde dans la merde.

— Comment pourrait-il apporter la poisse, ce petit être merveilleux ? Allez, passez-le-moi. Je peux lui donner le biberon ? »

Joseph attrape par le cou le Chien qui est revenu ventre à terre : « Je ne sais pas. Faut demander à son père », dit-il, malicieux.

Julie lui renvoie la balle : « Lequel ?

— Les deux », sourit Joseph.

10

Dans le hameau de Karl Marx, il fait une chaleur à assécher le Tigre et l'Euphrate. Pas un pet de vent en cet après-midi d'octobre. Joseph est vautré dans l'herbe sous un noisetier, le gosse est couché sur le dos à côté du Chien. Tout à l'heure, Joseph lui donnera le bain dans une bassine en zinc dont l'eau chauffe au soleil. Mais pour l'instant, il se repose, ne pense à rien. Avec Roger, ils sont venus donner un coup de main à l'Indien dont le pétrin est en panne. Ils ont aussi apporté de quoi cuisiner pour déjeuner. Après tout, c'est samedi, on peut aussi passer du bon temps.

L'Indien tourne en rond autour de Roger : « Ça ne marchera jamais ton truc. » Roger est plongé dans le pétrin mécanique qu'il tente de réparer.

« Ce n'est pas parce que tu es malin comme

un Sioux que tu vas y arriver », répète l'Indien. Désormais, il n'appelle plus Roger que le Sioux. L'Indien et le Sioux forment un drôle d'attelage autour du pétrin en rade. L'Indien en short kaki, le visage et le torse tannés par le soleil ; Roger, dans son bleu de travail dont il a retiré le haut, pâle comme un navet. Roger a apporté un attirail d'outils empruntés à Gandelin. Il dévisse, détord, lime, soude. L'Indien danse autour de lui. Jusque-là imperturbable, Roger se retourne sèchement et décrète : « Maintenant, tu vas voir là-bas si j'y suis. »

Penaud, l'Indien s'assoit entre Joseph et le Chien. Emprunté comme un gamin pris en faute, il glisse à Joseph : « Dis donc, ton copain, il sait tout faire. »

Roger lâche un « putain » en ferraillant. « C'est bon », murmure-t-il quand le pétrin démarre.

L'Indien se lève d'un bond : « C'est pas possible, tu y es arrivé ! Quel génie !

— On va faire un tour, je dois me calmer les nerfs avant qu'on fasse le déjeuner », dit Roger en se frottant les mains.

Derrière Roger, Joseph et le bébé suivis de l'Indien vont à la queue leu leu à travers le taillis vert et épais. Joseph joint les mains sur le porte-bébé, l'enfant dort, la tête protégée par une toile de lin. Devant lui, Roger prend soin d'écarter les ronces. L'Indien donne du « à droite », « à gauche », en marmonnant. Roger marche vite et Joseph proteste : « Oh doucement ! Je suis chargé, moi. » Le doigt sur la bouche, l'Indien fronce les sourcils. Joseph rit en lui-même de cette troupe bigarrée qui n'entrave en rien le sommeil du petit. Roger repart de plus belle, taillant dans le gros des ronces comme un héros de conte de fées.

Au retour, l'Indien s'est mis à la cuisson du pain et Joseph à la préparation des dolmas. Il a apporté tout ce qu'il fallait : les feuilles de vigne, le riz préparé, les oignons, le persil, la ciboulette, la menthe et le thym. Il a appris à les cuisiner dans sa jeunesse de baroudeur. Quand il commence à faire revenir l'oignon dans la poêle, il se retrouve quelque part au Levant près d'un château perdu au milieu du désert jordanien, en face d'une noria de la haute vallée de l'Euphrate ou au bord de la Méditerranée à Tyr. Ces souvenirs, c'est l'avant de l'avant. Avant les tours de la Défense avec bureau, assistante et voiture de fonction. C'est l'époque de l'errance insouciante entre le Bosphore, le Shatt al-Arab et le mont Ararat. Sac au dos, l'amour en bandoulière et des envies fugaces de grand amour, de vie familiale et de paternité.

L'Indien a posé ses pains chauds sur la table au soleil et regarde Roger donner le biberon. Par la fenêtre de la cuisine, Joseph observe les deux hommes penchés sur la petite tête.

« Je peux essayer ? tente l'Indien.

— Tiens, prends-le », murmure Roger.

L'autre prend le bébé et lui enfourne rudement la tétine dans la bouche. L'enfant s'étrangle.

« Vas-y mollo, ce n'est pas un veau », rigole Roger.

L'Indien s'y reprend à plusieurs fois avant de caler le bébé contre son bras. « C'est bien, comme ça ?

— Mais oui, le rassure Roger, tant qu'il ne se met pas à brailler, tout va bien. »

Le môme s'est endormi dans les bras de l'Indien qui n'en revient pas. « Tu crois qu'il sait que c'est moi qui le tiens ?

— Bien sûr.

— J'ai toujours eu l'impression que les gens me regardaient de travers et que je faisais peur aux gosses. Joseph ! Je ne peux pas t'aider pour les dolmas, je pouponne ! crie l'Indien.

— T'inquiète, tout va bien, répond Joseph qui observe ses oignons blanchir.

— Tu veux un coup de main ? lance Roger.

— Non, les gars, c'est bon. »

Joseph est heureux de cuisiner seul. Il a apporté son mélange d'épices pour assaisonner la farce qu'il dépose soigneusement sur chaque feuille. Il replie les deux côtés vers le centre, les roule jusqu'à la pointe. Il se souvient d'avoir ainsi confectionné à quatre mains les dolmas avec une jeune femme dont il était amoureux. Elle le dévorait des yeux, il était le roi du monde.

Les dolmas chantent dans la cocotte. Les amis attendent Karl Marx pour se mettre à table. L'Indien fait déboucher à Roger une bouteille de blanc, il ne veut pas se séparer du môme qu'il défend des insectes avec une tapette à mouches. Roger s'escrime à trancher finement des tomates. « Il ne coupe rien, ton surin, tu es plutôt mal outillé pour scalper, l'Indien.

— C'est toi qui ne sais pas faire. Joseph, apporte la pierre à affûter, elle est dans la table de cuisine ! »

Joseph ouvre le tiroir et découvre un foutoir de couverts plus ou moins crasseux, un chapelet avec une médaille de la Vierge, des plaquettes de médicaments entamées et la pierre à aiguiser.

« Tiens, regarde si je ne sais pas te faire une lame », braille l'Indien en prenant le couteau des mains de Roger et la pierre à affûter.

Joseph lui retire vivement le bébé. « Oh, doucement, tu ne vas pas aiguiser avec un môme dans les bras.

— Surtout que t'as parfois deux mains gauches, hein ? » tonne Karl Marx dans leur dos. Tous se retournent vivement. Karl Marx a l'air d'un dieu en colère. Ses yeux se posent sur l'Indien avec une autorité que les autres ne lui connaissent pas. « Quand tu auras fini ta besogne, viens avec moi », ajoute le psy sans un regard pour les invités. L'Indien s'assombrit, se lève et suit Karl Marx sur le seuil de la maison.

« Ça fait combien de jours que tu ne prends pas tes médicaments ? » engueule le psychiatre.

L'Indien se mord la lèvre : « Comment tu sais ?

— C'est moi qui te fais les ordonnances chaque mois, je sais où tu dois en être. La pharmacienne m'a prévenu que tu n'étais pas passé cette semaine.

— J'avais plus d'essence dans la mobylette, tente l'Indien.

— Ne te moque pas de moi. Tu en as assez pour aller boire des demis au bistrot du coin. »

L'Indien éclate : « J'en ai marre de ces drogues, voilà ! J'ai la queue molle, je vois plus clair et je grossis comme un goret.

— Je comprends et ne te dirai pas le contraire, approuve le psy. Mais réfléchis bien. Si tu arrêtes de les prendre, certes, tu ne vas pas sentir de changement durant une semaine, dix jours maximum. Mais après ? Tu sais bien ce qui se passera.

— Après quoi ? s'insurge l'Indien.

— Tu veux retourner à l'hôpital ? »

L'Indien s'éloigne dans le crépuscule, les mains dans les poches. Il pense à la porte du couloir fermée à clé, à la promenade d'une demi-heure dans le parc avec un infirmier, une fois par semaine, à la chambre d'isolement, aux électrochocs. Il se frotte les yeux, ses doigts sentent le bébé. Ce parfum, c'est comme un baume de joie. Il s'en retourne vers Karl Marx.

« Allez, toubib, donne-moi ta merde. »

Le psy sort les boîtes des poches de son pantalon treillis : « Ton Lamictal et les deux autres médicaments. Je ne t'ai pas mis de Valium, il doit t'en rester ?

— Oui.

— Essaie de réduire, tu risques de devenir accro aux benzodiazépines. Et doucement sur la picole. Aujourd'hui, c'est la fête, d'accord, mais souviens-toi que l'eau du puits, c'est le meilleur pour toi. »

Karl Marx découpe de fines tranches du jambon noir de Bigorre qu'il a apporté. Il s'est déridé et sourit en mâchant sa première rondelle. « Ça, c'est quelque chose », dit-il en pointant le doigt vers sa bouche. Roger finit d'ajuster sa rosace de tomates décorée d'une tombée d'oignon blanc quand Joseph apporte le plat de dolmas. Il décrète : « On met tout sur la table et chacun se sert. » L'Indien berce l'enfant. Roger lui tend une assiette : « Je n'ai pas faim, fait l'Indien. C'est lui qui me nourrit, sourit-il en caressant la joue du gosse.

— Lui qui ? questionne Karl Max en débouchant une bouteille de gamay.

— Ben, le bébé », rétorque l'Indien.

Le psy lisse sa barbe : « Ce n'est pas un prénom ça, le bébé. Vous ne l'avez toujours pas nommé, cet enfant ?

— Ben non », fait l'Indien embarrassé en accusant du regard Roger et Joseph.

Roger demeure figé, une tranche de tomate piquée sur sa fourchette. Joseph a reculé sa chaise et sirote son vin. Des moucherons dansent autour des dolmas. Placide, Karl Marx enchaîne les lichettes de jambon.

« Tout le monde a un prénom, non ? Même quand on se fait baptiser l'Indien. »

Ce dernier éclate de rire : « Les gars, si vous connaissiez mon vrai prénom...

— Dis-nous.

— Gustave, s'esclaffe-t-il.

— C'est bien Gustave, dit Joseph. Il y a plein de petits Gustave dans les beaux quartiers à Paris.

— Ah, moi, ce n'était pas mon cas, rigole l'Indien. Mon père était tellement bourré lorsqu'il m'a déclaré à la mairie qu'il en avait oublié le prénom choisi avec ma mère. Il n'a jamais su nous expliquer pourquoi je m'appelle Gustave.

— N'empêche que tous les enfants du monde ont un prénom », répète Karl Marx.

Roger songe à un maton sadique qui l'appelait par son numéro d'écrou : « Même les mômes jetés en pleine nuit sur une aire d'autoroute ?

— Surtout ceux-là, dit le psy. Quand une mère décide d'accoucher sous X, son enfant a trois prénoms entre lesquels, plus tard, il pourra choisir.

— Mais lui, personne ne l'a adopté, dit l'Indien.

— Ah bon ? ironise Karl Marx. Fameux, tes dolmas, Joseph. Eh, les gars, vous me prenez pour une buse. Qu'est-ce que vous avez fait avec ce môme, sinon l'adopter ? »

Soudain la nuit est lourde. Joseph sent comme un coup d'électricité dans son cœur, il se balance nerveusement sur sa chaise et se ressert du vin, agacé : « Est-ce notre faute s'il nous est tombé dessus ?

— Non Joseph, mais vous auriez pu le conduire dans une maternité, appeler la gendarmerie. Ils vous auraient interrogés, auraient enquêté, le petit aurait été confié à l'Aide sociale à l'enfance, explique le psychiatre.

— Au moment où on l'a trouvé, c'est ce que je voulais, moi, qu'on le dépose à l'hôpital de Dijon », intervient Roger.

Karl Marx sourit : « Visiblement, tu as changé d'avis.

— Et comment. C'est notre gosse maintenant, répond-il en regardant Joseph perdu dans ses pensées.

— Z'êtes de la jaquette ? pouffe l'Indien.

— T'as rien d'autre à dire ? le tance Karl Marx. Tu vas passer à l'eau là, aligoté plus gamay, ça suffit. Pour en revenir au prénom, c'est important pour cet enfant.

— On n'a qu'à chercher dans les saints du calendrier des Postes, propose l'Indien.

— Joseph déteste le calendrier des Postes, grogne Roger.

— Alors, tu as déjà pensé à chercher ailleurs ? demande Karl Marx.

— J'ai un souci avec les noms et les prénoms. J'ai trop changé de blaze en cavale, annonce Roger.

— Et toi, Joseph, tu en penses quoi ? dit Karl Marx.

— J'y ai pensé dès que je l'ai vu.

— Ah bon ? »

Joseph prend tout son temps, se roule une grosse cigarette avec le tabac de Roger.

« C'était évident pour moi dès la première seconde. »

Roger est interloqué : « Quoi ? le prénom ?

— Oui, répond Joseph en allumant sa clope.

— Et alors ? » fait Roger qui ne cache pas son irritation.

Joseph aspire longuement la fumée. Il fait durer le plaisir devant Karl Marx qui engloutit goguenard les feuilles de vigne. « C'est Moïse. »

Un épais silence s'abat sur la tablée. « Moïse, l'homme qui marchait sur l'eau, épatant, sourit l'Indien.

— Moïse abandonné dans son couffin sur le Nil par ses parents pour échapper au massacre des enfants hébreux, ajoute Karl Marx.

— Désolé, mais là c'était sur une aire d'autoroute, sorti d'une Mercedes, grogne Roger.

— Oui, mais dans un couffin, que l'on appelle moïse, dit Joseph.

— C'est que pour ça, ce prénom ? Alors qu'il ne tient même plus dedans », s'agace son ami.

Joseph ne répond rien. Karl Marx mâchouille : « C'est peut-être un peu plus profond qu'une histoire de panier, non ? En tout cas, c'est une très bonne nouvelle. Vous voilà parents, comme la fille du pharaon qui a sauvé Moïse des eaux et l'a adopté. Moïse, c'est le premier prophète du peuple hébreu, il l'a libéré de l'esclavage en le guidant vers la Terre promise. Moïse, c'est le guide, les gars. »

En même temps qu'il parlait, le psychiatre a blêmi puis est devenu franchement vert. Tout le monde a ri, pensant qu'emporté par son discours il avait été pris d'un vertige. Mais soudain il se lève, court vers l'évier et vomit en deux hoquets violents. « Ce n'est rien, dit-il après avoir repris son souffle. J'ai trop mangé. Je n'ai plus l'habitude. » Les autres se regardent, inquiets, n'osant pas réagir. « Moïse, les gars, ça, c'est un prénom », ajoute Karl Marx en se rinçant la bouche.

11

Joseph se lève avant l'aube. Il se penche sur le lit de Moïse qu'il a installé au pied du sien et embrasse le front de l'enfant enveloppé dans sa turbulette. Moïse a bien grandi, selon Karl Marx il a maintenant dans les quatre mois et demi. Ses cheveux ont poussé comme du bambou, des mèches de cheveux noirs dans tous les sens sur sa nuque et au-dessus des oreilles. Son visage se dessine, ses yeux semblent s'agrandir, chaque jour ils sont plus vifs et rieurs. Joseph ravive le feu du fourneau en déposant du petit bois sur les braises mourantes. Puis il allume la bougie près de l'évier. Il a beau avoir désormais l'électricité, il ne s'y fait pas.

Entre lui et Roger, la bataille a fait rage autour de cette installation. Roger voulait tout pour Moïse : une salle de bains et une machine à laver. Joseph refusait. Il avait fallu une nuit de négociations et une demi-bouteille de gnôle pour que les amis tombent d'accord. Roger avait capitulé sur la salle de bains, son compagnon avait accepté le chauffe-eau et la machine à laver. Ils avaient installé le tout dans un appentis sur le côté de la maison. Roger avait soudé la plomberie, tiré les câbles électriques. Il s'était plié à l'exigence de Joseph : conserver la pompe à bras pour l'eau froide et fixer le robinet d'eau chaude au-dessus de l'évier de pierre. Ainsi Joseph avait-il pu conserver ses habitudes : se réveiller énergiquement en se lavant avec l'eau de source glacée, puis se raser devant le miroir accroché au-dessus de l'évier.

Alors que Joseph se savonne au blaireau, Moïse se met à bouger. Sa voix commence à se moduler, il pousse parfois des cris qui forment presque une mélodie, plutôt dans les graves. Karl Marx l'a surnommé Barry White. Joseph prend l'enfant dans ses bras et se recouche pour lui donner le biberon. C'est devenu son moment préféré de la journée. Il aime la tiédeur nocturne du lit avec ce petit homme qui ne le quitte pas des yeux, la tétine dans la bouche. Le Chien couine et gratte derrière la porte.

« Tout à l'heure », fait Joseph qui ne veut

pas répéter l'épisode cocasse du jour où il lui avait ouvert et s'était retrouvé avec une sacrée ménagerie dans le lit. Moïse a terminé son biberon. Il s'étire sur la poitrine de Joseph. Une froide mélancolie l'envahit, il s'empresse de se redresser en asseyant Moïse sur ses cuisses. Il lui applique un peu de savon à barbe sur le nez. L'enfant éternue, Joseph rit. Il l'essuie et va ouvrir la porte au chien. Dès que Joseph recouche Moïse, l'animal se tapit contre le lit et lèche sa menotte à travers les barreaux.

Une lumière grise perce les charmilles. Joseph enfile sa chemise de flanelle et sa salopette. Il prépare son sac à dos avec tout ce qu'il faut pour Moïse et le casse-croûte de midi, les merguez et les saucisses qu'il fera au barbecue. Ils vont passer la journée en forêt, Joseph doit faire provision de champignons pour Guy qui l'a appelé au petit matin. Il habille chaudement l'enfant et embarque son petit monde dans la camionnette.

Le chemin est gras et collant, il fait au mieux pour éviter les secousses au bébé installé dans son siège. Le chien râle entre deux ornières. Un daguet débouche et traverse la route dans un saut élégant. « Dommage que tu n'aies pas pu le voir », dit Joseph à Moïse. « Dieu sait d'où tu viens, toi », songe l'homme en roulant sur sa cuisse la cigarette qu'il allumera plus tard.

Il a choisi une clairière peuplée de fougères pour dresser son camp de base. C'est ainsi qu'il désigne l'endroit où il peut installer le bébé et vaquer à ses occupations. Il a investi dans une tente Quechua, il y installe Moïse dans un transat recouvert d'une couverture polaire. Le Chien se couche devant la tente et monte la garde, intraitable quand on vient à passer par là. Un promeneur en a été pour une bonne frayeur lorsque l'animal a grondé avant de bondir sur lui. L'homme, habitué des bois, est parti hâtivement sous le regard taiseux de Joseph.

Le feu crépite dans la clairière, à une distance prudente de la tente. Moïse joue avec le mobile en plastique fixé au transat. Joseph a déjà repéré une belle tache de pieds-de-mouton sous un bouquet de hêtres. Le panier est vite rempli. Il le dépose près de la tente et vérifie que Moïse dort. Il remplit ensuite plusieurs cageots de cèpes. Il livrera les plus beaux à Paris et gardera les gros pour lui. Il lui faut aussi des girolles, mais il répugne à s'éloigner. Il se résout tout de même à rejoindre une chênaie propice aux champignons qui font un tapis d'or sur l'humus. Il les cueille avec son

Opinel. Il imagine déjà la mine réjouie de son ami Guy. Il s'empresse de retourner à la clairière, relève la toile de la tente. Moïse mâche un bout de bois qu'il lui retire vivement : « Et alors ? Où as-tu trouvé ça ? »

Le Chien halète tout près de lui, la bouche entrouverte et l'air enchanté.

« C'est toi qui le lui as donné ? Ce n'est pas bien, le Chien. »

Le bébé se met à pleurer. Joseph a beau lui tendre les suspensions musicales en plastique, l'enfant les repousse. Il veut son bout de bois.

« Espèce de sauvageon », murmure Joseph en le prenant dans ses bras. Ils déambulent dans la clairière, Joseph parle doucement au gosse en lui montrant les glands du chêne, les prunelles dont il fera de la liqueur après les premières gelées, il lui chatouille le nez avec un brin d'herbe. L'enfant se tortille. Il veut gober un chapeau de curé, le fruit rouge du fusain dont Joseph cueille une branche.

« Je ne sais peut-être pas d'où tu viens, mais t'es un grand gourmand toi, sourit Joseph. Et ça, ça dénote une brillante origine. »

Le bruit d'un moteur enfle et s'arrête. Roger déboule au milieu des fourrés, en bleu de chauffe. « Surtout, ne réponds pas à ton portable, peste-t-il.

— Tu connais mon amour du téléphone.

— Heureusement que je connais tes coins à champignons. »

En plus de ses ménages chez Gandelin, Roger conduit les grumiers, ces énormes camions qui transportent les arbres abattus vers les scieries. Il était rentré un soir chez Joseph en lui présentant un vrai contrat de travail : « C'est bon pour mon suivi sociojudiciaire.

— Mais tu sais conduire des engins pareils ? s'était enquis Joseph.

— J'ai passé tous mes permis poids lourds à l'armée. Un grumier, ce n'est pas pire qu'un porte-char. » Va pour les grumiers.

« Prends donc un peu Moïse, dit Joseph qui ne remarque pas l'air préoccupé de Roger. Je vais me mettre en cuisine. »

Il sort la grille de barbecue, déballe les paquets de charcuterie. Bientôt, il retourne les saucisses et les merguez dont la graisse enflamme les braises. Roger a retiré le haut de son bleu de chauffe et donne le biberon à Moïse contre son bras velu : « Il prend bien, hein ?

— Je ne l'ai jamais vu refuser un biberon, dit Joseph. Je pensais à un truc quand tu parlais de tes permis. Tu n'as pas regretté de t'être fait renvoyer de l'armée ? »

Il pense aux porte-chars que son ami a croisés dans un passé lointain, il a toujours du mal à se représenter cet aspect de Roger.

« Non. Si on ne partait pas en opération, je me faisais chier à la caserne. Les corvées, tout ça, ça m'emmerdait. Un gradé m'a pourtant proposé de m'envoyer à l'école des sous-officiers, mais j'ai refusé.

— Pourquoi ?

— Je n'aimais pas trop être commandé, alors commander les autres... C'est pour cela que j'aimais mon boulot de démineur, je me sentais indépendant. Comme je n'étais pas mauvais au tir, ils m'ont aussi proposé de suivre une formation de tireur d'élite. Mais franchement, buter des mecs, très peu pour moi.

— Pourtant, dans les braquages, il y a parfois des morts », lui fait remarquer Joseph en tartinant de harissa un sandwich merguez qu'il tend à Roger.

Moïse est dans son transat, il n'a pas fini son biberon. « Petite faim », a déclaré l'ex-taulard en l'installant dans la tente. « Par contre moi ! a-t-il clamé en se redressant. Il n'y a rien de mieux que le gras coulant du cochon sur la mie fraîche d'une baguette ! » À cet instant, il ne semble plus engoncé dans les habits d'une liberté dont il ne sait pas quoi faire. Il a retrouvé dans les yeux un peu de la lumière aigue-marine que Joseph lui connaissait gamin.

« Ouais, mais je n'ai jamais été outillé pour ça, finit-il par répondre. Mon boulot, c'était de faire exploser la porte des fourgons blindés sans faire de victimes. »

Roger baisse soudain la tête sur son sandwich.

« Ben qu'est-ce que tu as ? dit Joseph surpris.

— Il paraît que le Boiteux est revenu dans le coin. Gandelin me l'a dit, des bûcherons me l'ont confirmé.

— C'est qui ça, le Boiteux ?

— Un gars que j'ai salement amoché dans le temps, il l'avait cherché. C'était un mac qui a laissé une fille que j'aimais bien se faire violer, Muguette.

— Muguette ? Celle dont Julie et Karl Marx te parlent à chaque fois ?

— Oui. »

Roger est assis dans l'herbe à côté du panier à champignons, les mains jointes, le regard dans le vague. Il plonge dans son mug et murmure : « Quand je me suis retrouvé à la rue le jour de mes dix-huit ans, c'est les manouches qui m'ont accueilli, la famille de Dédé, tu te rappelles ?

— Oui, on était à l'école ensemble.

— On faisait la ferraille, le ramonage, de la maçonnerie. Le père de Dédé m'a appris à travailler de mes mains. Ils s'étaient installés sur un terrain vague le long de la rocade. Ils ne bougeaient que pour leurs pèlerinages. Un mois de mai qu'ils étaient partis aux Saintes-Maries-de-la-Mer, je me suis retrouvé seul. Comme Dédé m'avait laissé sa Malaguti, tu sais ces bécanes italiennes qui couinaient tout le temps, j'allais zoner le soir en ville et picoler dans un rade derrière la gare. Je me la jouais dans ce fief de marlous. J'avais repéré une petite blonde. Elle s'appelait Muguette. Ce n'est pas que je voulais la draguer, à l'époque j'étais mordu ailleurs, mais elle avait toujours des mots gentils pour moi, dans ce bouge de brutes avinées. Ils se la tapaient contre un biffeton dans un réduit niché au fond d'une cour qui puait la pisse. Son mac n'était jamais loin. Il versait une com au taulier. C'était le Boiteux, même si on l'appelait pas encore comme ça.

— C'est glauque ton histoire, souffle Joseph.

— La suite n'est pas mal. Un soir où j'étais bien chargé, à l'époque je tournais au double jaune, Muguette a refusé un micheton qui puait le rat mort. Le Boiteux lui a ordonné de faire la passe. Elle a fait non de la tête. Je me rappelle encore ses couettes qui se balançaient dans la tabagie du bistrot quand il l'a entraînée méchamment dans la cour. Depuis le comptoir, j'entendais Muguette pleurer sous les coups. Son bourreau est revenu seul avec un sourire narquois, et là je lui ai mis un bon gros pain dans la tronche. Comme un réflexe. Mais je n'avais pas prévu que d'autres marles allaient me tomber dessus. J'ai pris la raclée du siècle. Ils m'ont fini au poing américain. » Roger se roule une clope. « C'est la Malaguti qui m'a ramené. Je suis resté couché trois jours dans la caravane de Dédé. Lorsqu'ils sont rentrés des Saintes, j'avais la gueule d'un compteur à gaz. Ça n'a pas traîné. Le père de Dédé a réuni le conseil de famille. J'avais beau protester que je ne voulais pas leur causer d'emmerdes, le soir même ils sont tous montés dans la vieille Mercedes diesel qui fumait noir à trois kilomètres à la ronde, enfouraillés comme un porte-avions. Une demi-heure plus tard, ils étaient de retour, Muguette serrée entre les frangins de Dédé dans la bagnole. La surprise, c'est au moment où ils ont ouvert le coffre. Le Boiteux était recroquevillé dedans, nu, ficelé comme un poulet. Ils l'ont posé devant moi, prêt à rôtir. "Il est à toi", qu'ils ont dit. J'étais bien entouré, mais jamais je ne me suis senti aussi seul. D'autant que Dédé la jouait à la pression. Il avait sorti tout son attirail : marteau, burin, tenailles, qu'il exhibait devant le julot avec un rire sardonique. Le manège a duré toute la nuit à la lumière d'un feu dans un vieux baril d'huile de moteur. »

Joseph a le cœur qui se soulève : « Tu veux dire que vous l'avez torturé ? »

Roger éclate de rire : « Physiquement non, mais mentalement, ça oui, il a dégusté ! On lui caressait les couilles avec les tenailles, on frôlait ses genoux avec un merlin… Le pire, c'est lorsque Dédé lui a enfoncé le burin dans la bouche et a demandé un marteau. Le mec s'est mis à gémir comme un nourrisson. Au petit matin, on m'a demandé ma décision.

— Et tu as dit quoi ?

— J'ai voulu qu'on le remette dans le coffre de la bagnole. On a roulé trois cents bornes. Et puis on l'a largué en pleine forêt. Je lui ai fait jurer de ne plus jamais revoir Muguette et de ne plus jamais remettre les pieds en ville. Il y avait un copain à Dédé, méchant comme une teigne. Il s'est approché du mac et, droit dans les yeux, il lui a dit froidement : "Ma mère est morte à cause de mecs comme toi. Moi, je vais te laisser un souvenir." Il lui a éclaté le genou au marteau. C'est pour ça qu'on l'appelle le Boiteux. »

Roger se lève et se verse un café. Il continue de raconter Muguette, « la petite gadjé » choyée par les manouches. Puis soupire. « Quand ils l'ont vue en crise de manque, ils ont bien tenté de la calmer, mais il a fallu l'emmener à l'hôpital. Son mac l'avait camée pour mieux la tenir au tapin. Résultat, toxico et hépatite C. Heureusement que... » Roger fait les cent pas comme s'il se sentait coupable de cracher le morceau : « Tu sais, je n'ai rien dit quand tu m'as présenté ton copain Karl Marx pour que je lui cause. On a fait comme si de rien n'était. À l'époque, il était jeune psychiatre et c'est lui qui l'a soignée. Lorsqu'elle a été remise sur pied, il lui a même trouvé un boulot. Je crois qu'elle aurait bien voulu qu'on fasse un bout de chemin ensemble. Et toi, tu as déjà eu des envies de meurtre, Jo l'intello, comme on t'appelait à l'école ? dit Roger en se ressaisissant.

— Oui, une fois.

— Raconte. »

Joseph tisonne les braises avec une branche de noisetier. « J'étais dans une mairie, à l'état civil. Une employée m'a accueilli, tout sourire : "C'est pour une naissance, monsieur, j'imagine !" "Non, une mort", que j'ai dit. Elle était penaude devant son écran. Elle m'a dit pardon. J'ai eu envie de l'étrangler. »

Roger hoche la tête. « C'était il y a longtemps ?

— Qu'importe.

— Tu sais, Jo, si tu ne me parles pas, je ne peux pas comprendre.

— C'est toi qui me dis ça ? crie Joseph.

— Regarde, au lieu de gueuler. Je t'ai apporté un cadeau. » Roger sort de son baluchon un gros bouquin aux pages cornées, le *Guide Clause, traité pratique du jardinage*. Visiblement, l'édition a pas mal de labours au compteur. Roger esquisse un sourire : « C'est un vieux de la centrale de Saint-Martin-de-Ré qui me l'a donné. Il savait que j'aimais le jardin. C'est peut-être le seul endroit où, lorsque j'étais gamin, mon père ne me défonçait pas. On aurait dit que ça l'apaisait de creuser des poquets et de tracer des sillons où l'on semait les fayots et la salade. Plus tard, quand j'ai été placé, on m'a proposé de faire une formation d'horticulture. Mais bon, ç'a été mécanique générale. J'aurais sans doute mieux fait d'apprendre à tailler des rosiers plutôt que des engrenages. La verdure, ça calme.

— Ton père jardinait ?

— Ouais. En le regardant, j'ai appris des trucs.

— C'est donc ça, l'instinct... »

Roger se lève soudain et se penche vers Moïse qui ronflote, la tête penchée. « Commence à faire frisquet, non ? On rentre ? »

12

En attendant l'arrivée de Julie, Joseph et Roger chargent le véhicule des merveilles que Joseph apportera aux meilleures cuisines parisiennes. Pendant qu'il montera à la capitale, Roger conduira le grumier en montagne. Pour la première fois, Moïse restera seul avec Julie. C'est son jour de repos, elle a tout de suite accepté de prendre le relais en apprenant que les deux pères étaient de corvée en même temps. « Tu crois que ça va bien se passer ? » demande Joseph en passant une caisse de bois à son camarade.

« On n'a pas le choix », rétorque son ami d'un ton sépulcral. Il prend la corde pour le four à bois de Guy et pousse le tout dans le fourgon. Il connaît bien ces rondins qui viennent de la route du Chien-Pendu, dont on ratiboise le sous-bois avec des engins monstrueux. Le paysage là-bas est devenu désertique. Le bois est chargé dans des conteneurs qui partent par cargos entiers en Chine, il revient en France sous forme de lames de parquet.

« Julie est géniale. Même si Moïse pleure comme un veau, elle garde son calme. C'est le plus important. Garder son calme, clame-t-il doctement.

— C'est bon comme ça pour la corde, fait Joseph essoufflé. On va coincer sur les côtés des branches de genévrier et de laurier.

— Qu'est-ce qu'il fait avec tout ce laurier ? s'étonne Roger.

— Il le fait flamber sur ses poissons.

— C'est bon ?

— Ouais. »

Ce matin Joseph n'est pas disert. C'est le tour des reinettes grises du Canada, des betteraves rouges et des carottes avec leurs fanes qu'il a arrachées la veille au soir. Il dépose ensuite un carton des préparations maison que Guy lui réclame à chaque fois : « Je fais un tabac avec tes bocaux. » Il y a le pesto d'ail des ours, la confiture de mûres, le chutney de tomates vertes, l'aigre-doux de courgettes et un gros sac en papier kraft rempli des noisettes du bois de la Crochère. Il cale ensuite les cagettes de champignons soigneusement rangés par espèce et par taille. Il s'apprête à fermer les portes : « Oh merde, j'ai oublié les miches. » Il veut faire goûter le pain de l'Indien à Guy. Il est sûr que le chef va s'extasier.

L'aube a chassé la bruine. Les deux hommes s'assoient sur le banc de pierre à côté de l'hortensia qui s'entête à fleurir. Ils sirotent leur café en fumant. Julie arrive en voiture. « Alors, les jeunes papas sont au bout du rouleau ? » dit-elle joyeusement. Elle se penche amoureusement sur Moïse, lui caresse l'arrière de l'oreille, le couvre de baisers. L'enfant s'agite, sourire déployé, il lui fait du charme.

« Ben voilà, dès qu'une gonzesse arrive, il n'y a plus personne pour les vieux papas, grogne Roger.

— Je vais emmener ce jeune homme à l'association. Il va avoir beaucoup de succès, dit la jeune femme.

— Et si on te demande ce que tu fous avec un môme ?

— Je dirai que je l'ai adopté. Et toi, tu vas où aujourd'hui ? »

Roger hausse les épaules : « On va retrouver des bûcherons kurdes. Ils m'attendent toujours pour casser la croûte. Des vrais seigneurs quand ils m'accueillent. Je crois qu'ils sont réfugiés ici parce qu'ils ont fait le coup de feu contre le gouvernement turc. Côté boulot, c'est des bêtes sauvages, tu les verrais couper dans des pentes pas possibles... et ça tombe toujours juste. Certains ont été salement torturés, ils n'ont jamais chiqué. Les gens de là-bas racontent qu'un jour il y a eu un règlement de comptes entre eux et des Turcs nationalistes. Ça s'est fini par un crâne salement amoché à la serpette. Personne n'a moufté. Les gendarmes sont toujours en train de chercher si la serpette venait de Gamm Vert ou de Bricomarché.

— Tu serais bien monté au braco avec ce genre de guerriers, hein ?

— C'est sûr que je n'aurais pas été au placard.

— Papa », gronde Julie.

Joseph regarde sa montre, pour une fois il l'a accrochée à son poignet. Une Hermès, le seul objet précieux qu'il a conservé de son autre vie, il ne sait pas pourquoi. « Il faut que j'y aille, soupire-t-il.

— Tu es sûr que tu veux rentrer cette nuit ? Ton copain Guy a l'air content quand tu manges en cuisine le soir après le service. Et puis franchement, moi, pieuter dans un palace... c'est pas donné à tout le monde, tu peux le faire au moins une fois ! Juste pour me raconter après.

— Non, je fais l'aller-retour. »

Joseph n'a pas envie de monter à Paris, ça lui est toujours pénible. Il vient de franchir le péage de Fleury-en-Bière, l'entonnoir autoroutier avant Paris. Bientôt il voit défiler Évry, Grigny, Viry-Châtillon. Une sourde panique le gagne alors qu'il se rapproche de la capitale. Sa vie d'avant remonte en lui. Ça bouchonne peu avant Orly. Il lisse son vieux jean en songeant à ses costumes bien coupés d'autrefois, au kit mains libres qu'il actionnait en voiture pour répondre aux incessants appels téléphoniques. Aux avions qu'il prenait plus souvent que le métro. À son assistante dévouée qui lui rappelait ses déjeuners, à sa femme qui l'appelait pour lui annoncer un week-end chez des amis en Sologne. Une quinte de toux le secoue. Il descend la vitre. L'amertume et la culpabilité lui nouent l'estomac. Il retrouve l'odeur du périphérique, mélange de bitume et de gaz d'échappement. Il bifurque vers le centre de Paris par le quai de Bercy quand son portable vibre sur le siège passager. Une photo de Moïse apparaît. Julie lui donne le biberon, encadrée de mastards qui sourient. Des brochettes de viande grillent sur la braise dans un cercle de pierres. Une autre photo apparaît. Un géant grisonnant brandit Moïse qui se bidonne.

« Mais vous faites quoi ? » s'inquiète Joseph, le portable coincé entre l'oreille et le cou.

Julie lui répond aussitôt : « Tout va bien, on vient de déjeuner. Je suis à l'association. Moïse a bien pris son biberon. C'est le roi de la fête.

— De la fête ?

— Les garçons n'en reviennent pas, ils le trouvent beau et vif. Ils disent que c'est le futur Öcalan.

— Ocha qui ? hurle Joseph.

— Öcalan, ils m'ont expliqué que c'est le chef du Parti des travailleurs du Kurdistan. Ils m'ont dit qu'ils allaient lui offrir un tee-shirt du Kurdistan libre.

— Et le Chien ?

— Pas vu depuis ce matin, intervient Roger, il est parti après un chevreuil.

— Tu fais gaffe tout de même, hein ? »

Roger le rassure : « Bien sûr Jo, ne t'inquiète pas, ton fiston est en pleine forme ! »

Joseph s'empresse de raccrocher à la vue d'une équipe de motards sur le quai de la Rapée. Il se perd dans le nouveau plan de circulation de la Bastille. Tout l'assaille. La ville, le bruit et surtout les souvenirs quand il longe la place des Vosges. Les goûters sur l'herbe du parc avec les gâteaux de chez Carette. Les boutiques de la rue des Francs-Bourgeois où la carte bancaire chauffait sans compter. Le BHV où avec sa femme ils étaient fourrés le samedi, se chamaillant sur les articles nécessaires à l'aménagement du duplex qu'ils venaient d'acheter rue de Turenne. Sa tête bourdonne.

Joseph compte les numéros de la rue de Rivoli, bifurque en face du jardin des Tuileries. Il appelle Guy qui est en plein coup de feu : « Le voiturier t'a gardé une place pour te garer. Mes gars déchargeront ton camion après le service pendant qu'on dînera ensemble. Je raccroche, je suis débordé. » Quand il prend les clés de la camionnette, le voiturier lui donne du monsieur comme au temps de ses repas d'affaires. Joseph rigole en pensant qu'il a troqué une Range Rover à plus de cent mille euros contre une fourgonnette à moins de dix mille. Il s'achète un paquet de Camel sans filtre et flâne rue Saint-Honoré.

Il se sent désormais étranger à tout ce luxe. D'ailleurs, n'y a-t-il pas toujours été étranger, lui, le fils de la couturière qui, Gauloise au bec, faisait des robes pour les belles dames de la ville ? Il se souvient de ses doigts douloureux quand elle avait trop cousu. Il y repensait l'autre jour quand Roger déposait des rondelles de pomme de terre sur ses paupières après avoir pris un coup d'arc à souder dans les yeux. Pourtant, Joseph ne peut s'empêcher de pousser la porte d'une boutique de vêtements pour enfants. La vendeuse fait l'article à une cliente américaine. Elle se retourne, surprise par la dégaine du nouveau client : chaussé d'une vieille paire de rangers, affublé d'un tee-shirt floqué d'une marque de tronçonneuse, Joseph détonne au milieu des pantalons pour gamins à cent dix euros et des pulls en cachemire à quatre cent trente.

« Je peux vous aider ? demande la vendeuse alors qu'il scrute le rayon chaussures.

— Non, mon choix est fait, répond-il d'une voix assurée qui lui rappelle ses années fastes. Je vais prendre les chaussures de prémarche, là.

— C'est pour un cadeau ?

— Non, fait sobrement Joseph.

— Il en a de la chance, ce bébé, d'avoir un père comme vous », se croit obligée de dire la vendeuse alors qu'il sort des billets de son portefeuille.

Sa mine vire à l'embarras au moment où il répond : « Vous croyez ça, vous… »

Joseph n'est pas mécontent de son effet.

Lorsqu'il entre dans la cuisine de son ami, Guy est en pleine engueulade au téléphone : « Un filet de bœuf, c'est quatre kilos, pas moins. Ce n'est quand même pas sorcier. » Il raccroche dans un grand éclat de rire : « Je ne vais pas laisser un contrôleur de gestion faire la loi sur mes fourneaux. » Il empoigne Joseph par le cou : « Sacré Jo, tu m'as encore gâté. Mes gars sont comme des fous devant tes cagettes. Ils ne veulent même pas prendre leur pause parce que mon second a proposé de mettre tes cèpes à la carte. »

Une salle à manger jouxte la cuisine, dont elle est séparée par une baie vitrée. Guy y invite ses intimes, anonymes mais aussi célébrités : des artistes, des gens de cinéma, du monde des lettres. Seuls les politiques sont *personæ non gratæ*. Ils peuvent jouir d'un salon privé pour faire leurs affaires à l'abri des regards s'ils le demandent. Joseph hésite à s'asseoir sur la banquette en cuir.

« Je suis sale, s'excuse-t-il.

— Pose-toi, rugit Guy, une bouteille de meursault premier cru et deux verres à la main. On va boire un canon. »

Ils trinquent : « Au camarade Staline ! » tonne Guy.

Il a hérité cette formule de son père, cheminot communiste. Il a commencé la cuisine à la dure. Mais comme il était doué, il n'a pas tardé à faire le tour des grandes maisons, de Lyon à la Côte d'Azur : commis, puis demi-chef de partie, chef de partie… Il a gravi toute la hiérarchie des brigades de cuisine avant de monter à Paris comme second dans un restaurant gastronomique. Il a ouvert un bistrot gourmand qui marchait du feu de Dieu, il lui a fallu vendre quand il a divorcé. Il a été recruté par ce palace pour faire grimper le restaurant dans le *Guide Michelin*.

« Ils me font chier pour qu'on décroche la troisième étoile », se plaint-il régulièrement.

Car ce que Guy aime par-dessus tout, c'est cuisiner au milieu de ses filles et de ses gars. Il fait aussi bien les pluches qu'il astique les inox à l'alcool à brûler.

« Un ris de veau avec de la purée à la truffe, ça te va ?

— Je pourrais difficilement refuser.

— Chloé, tu me fais une belle assiette ris-purée. C'est pour un travailleur de force.

— Oui chef, répond avec assurance une petite blonde.

— C'est une lionne, chuchote Guy, elle met tous les mecs KO aux fourneaux. »

Joseph mange de bon appétit devant son ami qui flaire une tranche de miche de l'Indien. « C'est fameux, ce pain, qui fait ça ?

— Un apache dans ma forêt.

— La prochaine fois, tu m'en rapportes une fournée entière.

— Mais tu fais déjà ton pain.

— Le pain de ton Indien, je vais le travailler en cuisine. Il a un parfum et un goût d'enfer que mon boulanger ne pourrait pas reproduire. »

Joseph sauce avec bonheur le beurre noisette du ris de veau.

Le maître d'hôtel passe une tête en cuisine. « Chef, la dernière table veut vous féliciter. »

Guy lève les yeux au ciel : « La corvée, je ne te dis pas. Sauf lorsque c'était toi. On en a refait des mondes quand tu venais ici le soir. Le midi, c'était différent. Tu étais en déjeuner d'affaires, tu te souviens ? Hyper sérieux, et les chiffres ceci, et la stratégie cela… Si j'avais pu t'imaginer à l'époque devenir cueilleur-bûcheron… »

Joseph regarde les commis nettoyer méticuleusement les jeunes cèpes avec un pinceau. « Vous allez les faire comment ?

— C'est la surprise du chef, souffle un grand ado acnéique.

— Il a dix idées à la fois et aime en changer à la dernière minute. En salle, on s'arrache les cheveux quand il faut expliquer aux clients ce qu'ils auront dans l'assiette, raconte le second.

— Si t'es pas content, va massacrer des raviolis en boîte », rigole Guy.

Joseph est retourné à sa voiture. Il est triste de quitter Guy, mais impatient de rentrer chez lui, loin dans sa forêt. Avant de mettre le contact, il jette un œil à son portable qu'il laisse toujours dans la boîte à gants. Roger l'a appelé plusieurs fois. Il le rappelle aussitôt. Son ami ne le laisse pas en placer une et déroule avec anxiété :

« Jo ? Lorsque je suis rentré il y avait un tas de poissons morts sur le seuil de la maison, des cadavres à moitié décomposés, l'odeur... Je ne te raconte pas.

— Mais...

— Laisse tomber, c'est le Boiteux. Les Kurdes m'ont confirmé qu'il me cherchait. Ça ne lui suffit pas, vingt ans de mitard.

— Reste à la maison. Attends-moi, dit Joseph. Et Moïse ?

— Oh, lui, il est en pleine forme. Julie l'a déposé, je n'ai rien osé lui dire. »

La mélancolie de Joseph s'est envolée d'un coup. Il met le contact, il roulera vite, très vite.

13

Le chien aboie frénétiquement devant la maison lorsque Joseph se gare, la porte est grande ouverte. Roger berce nerveusement Moïse qui pleure.

« Il vient de se faire piquer par une guêpe restée coincée dans sa couverture.

— Fais voir ? »

Roger désigne un point rouge sur le visage du bébé. « Ça doit être là. J'ai rincé avec de l'eau fraîche et du savon.

— Passe-le-moi et appelle Karl Marx, il nous dira quoi faire de plus », ordonne Joseph.

Moïse a le visage inondé de larmes, sa joue enfle à vue d'œil. Roger tente sans succès de joindre Karl Marx, mais il est toujours sur répondeur. Son compagnon écarte d'un méchant coup de poing le chien qui veut lécher l'enfant. Ses pleurs sont de plus en plus rauques, il vomit un jet de liquide caillé et acide.

« On file aux urgences, il fait une réaction allergique à la piqûre de guêpe ! crie Joseph. Prends le volant de la camionnette et fonce bon Dieu, fonce. »

Roger ignore les nids-de-poule, les ornières, le moteur hurle dans l'obscurité. Joseph allume deux Camel, il en passe une à Roger. Ils descendent les vitres et chassent la fumée. Joseph enveloppe Moïse avec tout le courage qu'il peut rassembler. Il ne reconnaît plus Roger au volant, ou plutôt il imagine le braqueur. Il a la mine dure et concentrée du voyou. En rejoignant la route goudronnée, il pianote sur son portable. « Tu fais quoi ? s'inquiète Joseph.

— J'appelle Julie, elle est médecin non ?

— Mais non, ne perds pas de temps, fonce aux urgences. »

Roger le coupe : « Julie, t'es chez toi ? Oui, j'arrive. C'est une urgence. »

Le bébé vomit à nouveau et gémit. Joseph est furieux contre Roger qui le devine et, pied au plancher, lui assène : « OK, on se serait pointés comme une fleur à l'hosto. Deux mecs dont un ex-taulard avec un bébé tombé du ciel. Tu sais où on aurait fini la nuit ? Chez les condés. »

Ils montent quatre à quatre les escaliers du vieil immeuble de centre-ville où habite Julie.

Elle a entendu les pleurs du bébé dans l'interphone. Elle les attend sur le palier. Roger la pousse à l'intérieur de l'appartement et referme la porte : « Moïse vient d'être piqué par une guêpe et il n'est pas bien du tout. » Joseph tend l'enfant à Julie, qui le dépose sur le canapé. Karim sort de la salle de bains en peignoir, elle fait signe au jeune homme.

« On dirait une allergie », dit-il.

Moïse cherche l'air, sa respiration est de plus en plus difficile. Karim sort un stéthoscope et ausculte l'enfant. Il se tourne vers Joseph et Roger. « Il faut se dépêcher d'aller aux urgences, il est en train de faire un choc anaphylactique. »

Roger conduit, Julie est assise sur le siège du milieu tandis que Karim examine constamment l'enfant. « Papa, c'est simple. Karim et moi, on va rentrer aux urgences. C'est Thomas qui est de garde ce soir ? » Karim approuve d'un signe de tête. « Lui ne posera pas de questions. Il va faire son boulot d'urgentiste. Pour les autres, on dira que c'est un gamin de migrants sans-papiers qui vient d'être pris en charge par l'association. »

Secoué comme un prunier à l'arrière du fourgon, Joseph tente désespérément de taper

« choc anaphylactique » sur le moteur de recherche de son portable. Les mots « arrêt cardiaque », « détresse respiratoire », « adrénaline » défilent devant lui. Il boxe de toutes ses forces le métal du fourgon en hurlant : « Pas lui ! » Ses phalanges sont en sang. Il revoit un berceau en plexiglas que l'on vient d'extraire d'un tiroir de morgue. Un petit corps glacé dans sa grenouillère blanche aux motifs multicolores. On lui a passé une bande Velpeau autour de la tête à la manière d'un ruban d'œuf de Pâques pour maintenir sa mâchoire inférieure. Tant d'années plus tard, il ne sait toujours pas s'il a rêvé son regard triste ou si elle avait les yeux clos. Il se souvient en revanche comme si c'était hier des yeux bleus embués du garçon de la morgue, de l'odeur du café coulant dans la cafetière électrique du bureau des infirmières, de leurs mots doux.

Roger ouvre la porte arrière de la fourgonnette. Joseph cligne des yeux sous les néons de l'entrée des urgences. « Il est où ? souffle-t-il.

— Ils sont déjà à l'intérieur.

— On y va.

— Non, ça ne servirait à rien, dit Roger. Laisse-les faire leur boulot. » Il a toujours sa mine sauvage.

Il prend fermement Joseph par le bras. « Viens, on va se garer sur le parking. »

Il fait moite, le temps est à l'orage. Des éclairs zèbrent les crêtes que l'on devine dans la nuit. Les deux hommes enchaînent les cigarettes en les allumant à leurs mégots. Roger se tient adossé à un lampadaire. Une posture de tueur entre deux missions. Joseph ne tient pas en place. Quand il ne fait pas les cent pas, il reste prostré sur le goudron, la tête dans ses bras croisés sur les genoux. Un cercueil blanc perdu dans l'allée d'une église sinistre s'est figé dans sa rétine.

« Tu veux un jus au distributeur ? propose Roger.

— T'as de la monnaie ?

— Oui, j'ai que ça. »

Il se souvient de la main glacée de sa femme qui serrait très fort la sienne. Des parents et des amis qui les entouraient mais qu'ils ne voyaient pas. Du minuscule carré de terre fraîchement retournée. Et plus que tout, il se voit dépendre de la corde à linge les petits habits de son enfant.

Roger lui tend un café. « Je l'ai hyper sucré. » Il se met à pleuvoir à grosses gouttes tièdes. Les deux hommes sont vite trempés.

« On va s'abriter dans le hall des ambulanciers ? » propose Roger.

Joseph fait non de la tête. Le gyrophare du Samu projette une lumière bleue sur le parking. On entend un brancard que l'on extrait du fourgon et dont les roulettes couinent sur le sol.

Le portable de Roger vibre, il s'empresse de consulter ses messages et pousse un cri. « C'est Julie. Moïse est tiré d'affaire. Mais ils le gardent en observation. Putain, elle ne pouvait pas me le dire de vive voix ? Espèce de génération de toubibs SMS. » Joseph se lève, hagard. Les deux hommes s'étreignent sous la pluie qui redouble, et Joseph soudain bascule en arrière. Quand il se réveille, les visages de Karl Marx et de Roger sont au-dessus de lui.

14

Roger, Joseph et Karl Marx se sont assis sous un auvent pas loin de l'entrée des urgences. Le psychiatre a accouru dès qu'il a eu les messages de Roger. Les ambulances vont et viennent, ils les suivent distraitement du regard. Joseph aspire l'air humide.

« Vas-y Joseph, nous avons tout notre temps », dit Karl Marx de sa voix grave. Roger, lui, triture le bas de sa veste.

« Lorsque j'ai appris que j'allais être père, je n'étais pas franchement ravi. Pour moi, c'était ma carrière avant tout. J'imaginais avoir des enfants plus tard. J'ai appris à me réjouir en voyant le ventre de ma femme s'arrondir. Pour elle, sa grossesse était un bonheur simple, elle continuait de danser, de nager, d'aller au marché. Elle dévorait des barquettes de frites au comptoir du bar sous les halles. Elle a perdu les eaux un soir d'été après s'être baignée dans la rivière. À la maternité, ils ont dit que ce serait un peu long car c'était son premier. Elle est née le lendemain soir. Tu vas me prendre pour un salaud, mais je n'en ai aucun souvenir. À vrai dire, c'est comme si une tranche de ma vie s'était effacée. Plus je fais d'efforts pour me rappeler, plus c'est le néant. Mais la mémoire est vache, elle lâche ses bombes quand bon lui semble : le bob blanc qu'elle portait en vacances au bord de la mer, le porte-bébé dans lequel elle s'endormait contre moi… Et puis notre dernière balade en forêt, un dimanche après-midi d'automne. Le soleil était d'or. Je la portais dans mes bras et soulevais les branches des taillis pour qu'elles ne touchent pas sa tête. Trois jours plus tard, on l'a retrouvée dans son lit chez la nourrice. Mort subite du nourrisson. Maintenant, on dit mort inattendue mais ça fait toujours aussi mal. Voilà, tu sais tout. »

Roger se lève, ramène ses cheveux mouillés en arrière et se fige devant Joseph. Il a toujours son regard de guerrier. « Pourquoi tu ne m'as jamais rien dit ?

— Je ne pouvais pas, soupire Joseph. Tu avais tes problèmes. Et comment veux-tu raconter l'indicible ? Les gens ne répondent que des conneries, “il faut vite en faire un autre”, comme si un bébé était un objet qui se remplace. Tu dois en savoir quelque chose. La prison, la guerre, la mort, tu l'as raconté sur tous les toits ?

— Non, concède Roger. On sait de quoi elle est décédée, ta petite ?

— Pour moi, c'est une bougie qui s'est éteinte toute seule.

— Allez, on rentre. Vous dormez chez moi cette nuit, ça vaudra mieux, dit Karl Marx.

— Et Moïse ? demande Roger.

— Laisse-le avec Julie et ses collègues, ça se passera très bien. On reviendra le chercher quand on en recevra l'ordre. »

Assis dans son fauteuil en cuir, Karl Marx allume un cigare en barreau de chaise dont il souffle longuement la fumée : « Ça va mieux ? » Joseph n'a pas voulu s'isoler dans une chambre. La maison de Karl Marx n'en manque pas, elle est grande et agréablement décorée. Les deux amis se sont assis sur le canapé recouvert d'un kilim, Joseph s'est lové contre son ami, endormi. Roger n'ose pas bouger.

« Bon, pour Moïse, c'est du passé. On a dû vous le dire, il va falloir surveiller son terrain allergique. Mais la priorité, c'est autre chose, reprend le psychiatre. Il lui faut une identité, à ce môme. Même si vous continuez de l'élever ainsi, vous aurez besoin de papiers pour lui. Ne serait-ce que pour la Sécurité sociale. Moïse X, c'est bon pour un agent du Mossad. »

Roger hausse les épaules, il ne voit pas ce qu'il y a de drôle.

« Je sais, ce n'est pas simple, ce dont je t'entretiens, dit Karl Marx redevenu sérieux. Entre Joseph, son sac à dos lourd comme une enclume et ton pedigree judiciaire, c'est un peu la quadrature du cercle. Cela dit, il se porte comme un charme ce bébé, avec vous deux, les éclopés du mektoub.

— Tu as une idée derrière la tête, toi.

— Aucune, justement. En tout cas, pas qui passe par les voies légales. J'ai bu l'autre soir un bourbon avec quelqu'un que tu connais bien. Carpentier.

— Qu'est-ce que vous avez tous avec Carpentier ? Gandelin aussi m'a parlé de lui. Foutez-moi la paix, répond Roger en serrant les poings.

— Tu sais parfaitement ce qu'il pense de toi, que tu es un gars bien. Il t'apprécie, il a tout essayé à l'époque pour que tu dénonces les autres et notamment le Boiteux, que tu ne prennes pas toute la peine. Il sait où tu vis, il se tient au courant. Ça ne m'étonnerait pas qu'il sache, d'ailleurs, pour le gamin. Ce n'est pas lui qui t'emmerdera. Mais je ne lui ai pas parlé de vous, j'ai seulement exposé le cas de Moïse. Il m'a raconté ton histoire, c'est un coup à recaler toute une promotion de l'École nationale de la magistrature et à épuiser les vieux grognards de la Cour de cassation.

— Et alors ? » fait Roger rudement.

Karl Marx sourit : « Tiens, si on se buvait une larme de pur malt ? »

Il se lève, revient avec une bouteille et deux magnifiques verres à whisky. Il se penche sur la table basse et murmure : « Tu ne devineras jamais qui m'a offert ces verres.

— Sans doute.

— Jacques Mesrine dont j'avais fait l'expertise. Un jour, j'ai reçu un colis à mon cabinet. À l'intérieur, il y avait son livre dédicacé, un whisky stratosphérique et ces deux verres. » Karl Marx boit une gorgée : « Sacré Jacques, finir comme ça, massacré par les flics porte de Clignancourt. Pour en revenir à notre histoire, j'ai passé ma vie à me battre contre des carriéristes, des opportunistes, des médiocres. J'ai souvent flirté avec la ligne rouge de l'illégalité. Des préfets m'ont menacé, des procureurs ont voulu me poursuivre, la franc-maçonnerie de l'Ordre des médecins m'a mis en garde. Mais sans moi, des gars comme l'Indien seraient morts à petit feu. Regarde-le, il pète la forme. Je suis juste vigilant sur son traitement et je le fais causer quand il en a besoin.

— Tout ça pour me dire quoi ?

— Contournez les moulins et faites-lui des papiers, à ce gosse. C'est l'intérêt de l'enfant qui prime, et en l'occurrence c'est vous qui l'assurez. Je te laisse en parler à Joseph. Et pourquoi pas à Julie ?

— À Julie ?

— Elle ferait une très bonne mère », dit Karl Marx en reprenant du whisky, jambes croisées, comme s'il était dans un club anglais.

15

La cuisine embaume les pommes cuites. Roger est en train de les mixer en compote.

« T'as pas mis de sucre, au moins, s'inquiète Joseph.

— Pas du tout, grogne Roger. Juste un peu de miel de l'Indien, c'est excellent pour sa santé, surtout contre les allergies. »

La nourriture de Moïse, c'est sacré, ils ne cessent de se disputer à ce sujet. Ils sont allés chercher le bébé dans l'après-midi avec Julie et Karim, se faisant passer pour des bénévoles de leur association. L'interne de service, Thomas, ne leur a posé aucune question, il a rigolé avec ses collègues avant de se tourner vers les deux hommes : « Il est en pleine forme, ce bébé. Mais il faudra faire des analyses plus poussées pour vérifier ses allergies. Rendez-vous le mois prochain. » Il leur a tendu une liasse de documents programmant des rendez-vous avec l'allergologue et des prises de sang. Julie et Karim ont enfilé leur blouse, Thomas a retiré la sienne. C'était leur tour de garde.

Le bébé joue maintenant dans son transat comme si rien ne lui était arrivé. On voit à peine la trace de la piqûre sur sa joue. La nuit à l'hôpital s'est si bien passée que les infirmières l'ont vu partir à regret. « Il est tellement choupinet celui-là », ont-elles répété en lui adressant mille caresses auxquelles le petit dragueur répondait par des sourires. Joseph a laissé Roger filer chez Gandelin avec le petit, il devait finir une cueillette avant la tombée de la nuit.

« Ça s'est bien passé, au boulot ? demande Joseph.

— Moïse est très heureux chez Gandelin, je pourrai toujours l'emmener avec moi quand il sera plus grand. Même qu'on lui a fait goûter du lait de chèvre. Tu sais qu'il aime ça ? »

Joseph lève les yeux au ciel : « Et vous avez inventé quoi d'autre, comme conneries ?

— J'ai fini de retaper une vieille Jaguar, putain, intérieur cuir pleine fleur et tableau de bord en ronce de noyer. On est allés la tester sur l'autoroute. Moïse était hilare à l'arrière dans son siège bébé avec le Chien. Gandelin braillait du Johnny en ressuscitant le radiocassette. Le pied intégral.

— On avait bien besoin d'un accident de voiture, dit Joseph contrarié.

— Mais on n'a pas eu d'accident, vieux, détends-toi. Goûte plutôt ma compote. »

Roger tend une cuillère à Joseph.

« Du velours, dit son ami en souriant.

— Bien ! Je préfère ça ! Et nous, qu'est-ce qu'on graille ? rigole Roger.

— Une omelette aux patates », déclare Joseph en posant sur la table un reste de pommes de terre sautées.

Il avait souvent observé sa mère en faisant ses devoirs à la table de la cuisine. Elle laissait murmurer les patates dans la poêle tout en battant les œufs dans un bol de faïence au motif de *L'Angélus* de Millet. Il avait toujours connu ce bol qui ne servait que pour l'omelette. Elle effeuillait aussi une salade verte dont le croquant accompagnait le fondant de l'œuf battu et le moelleux de la pomme de terre. Pas une laitue flasque ou une mâche trop tendre. L'idéal, c'était la chicorée frisée. Sur les feuilles dentelées, elle ciselait une échalote en minuscules copeaux. Puis elle disait : « C'est prêt, on mange ! » Joseph rangeait son livre de mathématiques qui lui donnait du fil à retordre.

L'omelette est baveuse à souhait. Roger se régale par petites bouchées du pain de l'Indien dans lequel il emprisonne l'œuf. De la main gauche, il picore la salade. Moïse dans son transat joue avec la cuillère que lui a sculptée l'Indien. Il pioche dans le pot de compote que lui tend Joseph et se régale des reinettes du Canada. Roger n'est pas peu fier.

« Tu es le roi de la compote », sourit Joseph.

Roger se coupe une large tranche de comté en lâchant : « Il fallait bien que je me mette à la cuisine, en prison. Tu n'as pas idée de ce que l'on nous donnait à bouffer. Même le Chien n'en aurait pas voulu. Alors si tu as des sous, tu peux cantiner. Si tu n'en as pas, tu te fabriques une chauffe, un réchaud : tu prends une canette, tu la remplis d'huile et tu y fais tremper un bout de serpillière. Tu mets quatre canettes en carré autour, ça fait un support sur lequel tu poses ta casserole pour faire ton frichti. T'as des gonzes qui font des miracles avec ça. J'avais un codétenu qui faisait des risottos avec trois fois rien. Le problème, c'est que l'huile du réchaud fumait, il y avait de la suie partout. Mais on s'en foutait, le parfum de l'ail et du gingembre rissolés embaumait les couloirs. »

Après le dîner, Roger et Joseph sortent faire un tour. Ce soir, ils ne veulent pas penser au Boiteux, ils s'enfoncent dans l'obscurité. Toujours le même chemin creux bordé de haies et de trognes. Le Chien va en tête, Roger maintient Moïse copieusement emmitouflé contre son torse. Autant Joseph est silencieux lors de cette balade nocturne, autant Roger est volubile. Il parle à Moïse du hou-hou de la chouette hulotte ; de la bauge près du sentier dans laquelle se repose le sanglier ; des chevreuils qui se frottent aux arbres ; des gelées blanches qui vont bientôt arriver. Le Chien s'arrête et les attend. Roger lui caresse le dos et se lance :

« Tu sais, hier, j'ai vu Karl Marx.

— Et alors ?

— Alors il dit qu'on doit trouver une solution pour Moïse. » Roger serre l'enfant sur sa poitrine : « Oui quoi, il lui faut des faffes.

— Roger, arrête de parler comme si tu étais encore en cavale.

— Parce que tu crois qu'on va faire ça à la régulière ? Bonjour monsieur l'officier d'état civil, mes respects madame la juge, voici notre petit Moïse. Bon d'accord, on l'a trouvé sur l'autoroute dans un panier, mais on a fait de notre mieux pour l'élever depuis cinq mois. S'il vous plaît, madame, monsieur, rédigez-nous un acte de naissance et un jugement d'adoption. Oh Joseph, dans quel monde tu vis ?

— Dans le même monde que le tien. Toi comme moi, on sait qu'on est prêts à faire des papiers au nom du père de Moïse. Mais la mère, tu y as pensé ? On est là en train d'élever un gosse sans femme. Ça ne s'invente pas, une mère.

— Et le truc, là, pour les couples homos ? dit Roger soudain inspiré.

— C'est trop tard, Moïse est déjà là. Ça voudrait dire faire des faux papiers antidatés dans les pays qui l'autorisent. »

Roger éclate : « C'est quand même dingue, on ne l'a pas braqué, ce môme ! J'ai passé vingt ans en cabane, je ne vais pas y retourner parce que j'élève un gamin qu'on a jeté comme une poubelle.

— Je sais, Roger. Moi non plus, je ne supporterais pas qu'on nous prenne Moïse.

— Et si on en parlait à Julie ?

— À Julie ? s'étouffe Joseph.

— Elle ferait une très bonne mère », s'indigne Roger, comme si la question était là.

16

Il a neigé de bonne heure, et pas qu'un peu. « Le temps est cul par-dessus tête », comme dit l'Indien. Le verglas recouvre les chemins forestiers. Au volant du grumier, Roger négocie un virage en épingle à cheveux.

« Vingt dieux, fait chier cette route de merde, peste-t-il en forçant sur l'imposant volant du Volvo.

— Tu es un génie du volant, papa. Je ne sais même pas faire un créneau, dit Julie en donnant une croûte de pain à Moïse grognon parce que ses dents sont en train de percer. C'est fantastique cette neige, on entre dans le vrai hiver. Tu te souviens quand je te réclamais la luge dès les premières chutes et que tu m'expliquais qu'il fallait que ça tombe encore, qu'il n'y avait pas de quoi glisser ? Je me mettais dans une colère noire. »

Le cliquetis des chaînes rythme la manœuvre

délicate. Roger se souvient, mais il a bien d'autres soucis en tête. Julie sort de sa garde à l'hôpital. Lui non plus n'est pas frais. Il a fait les cent pas toute la nuit en se demandant comment formuler sa supplique à sa fille, et au petit matin il l'a appelée : « Je viens te chercher à l'hôpital. Laisse Karim dormir. »

Mais maintenant qu'elle est à côté de lui, il ne sait toujours pas comment s'y prendre. Ses mains tremblent.

« Je n'ai pas les mots pour le demander, c'est délicat, quand même. »

Il se répète la phrase en boucle. Alors, il propose d'un air gourmand : « On va faire un bon repas ? »

Ils poussent la porte d'un routier où Roger a ses habitudes. Julie porte Moïse et le sac à dos. « Tiens, salut Roger ! » s'exclame Maryse, la patronne. Elle appelle la serveuse : « Tu peux les installer dans la petite salle derrière ? Monte le chauffage pour le gosse. Tu sais où est la chaise haute ? »

Ils prennent le menu du jour à douze euros quatre-vingts. Des carottes râpées, un steak-frites et une île flottante pour Julie. Du céleri rémoulade, de la langue de bœuf sauce piquante et du fromage pour Roger. Moïse trépigne dans sa chaise en mâchouillant un croûton.

Quand ils sont servis, Roger tend une cuillère remplie de purée et de sauce à Moïse, qui l'enfourne avec gourmandise.

« Il en a de la chance, ce bébé, d'avoir un grand-père comme vous », dit la serveuse, qui ajoute à l'intention de Julie : « Vous voulez que je réchauffe un biberon pour votre fils ? »

Roger sent son cœur battre à tout rompre, Julie affiche une tranquillité insolente en tendant le biberon préparé :

« J'aime bien l'idée que ce soit mon fils, dit-elle en souriant à Roger lorsque la jeune femme s'est éloignée. Ce serait assez pratique, non ? Parce qu'il va bien falloir trouver une solution. »

Elle parle comme un médecin en réunion, sérieuse et calme.

Moïse réclame de la purée. Roger nourrit l'enfant, il n'ose pas regarder sa fille.

« Eh, je te parle, papa. »

Roger tourne brusquement la tête et la fixe : « J'étais un voyou. Je ne t'ai pas vue grandir. J'ai manqué à ma parole. Je n'ai pas fichu ton enfance en l'air pour qu'adulte tu franchisses la ligne rouge à cause de moi. Tu es médecin, tu as un mec, tu vas avoir des gosses. Je ne veux pas vivre avec l'idée qu'un jour les flics pourraient te passer les pinces. »

Julie grignote une frite, pas ébranlée pour un sou : « Tu vas nous trouver une combine de faux papiers qui diront que moi et Karim, nous sommes les parents de Moïse. Tu crois qu'à l'association on fait toujours des choses très claires ? Si les services mettaient le nez chez nous, on serait mal barrés. On a l'habitude, on sait pourquoi on le fait. »

Roger termine son quart de rouge et en commande un autre. Le bébé suce le boudoir que vient de lui tendre la serveuse en apportant les cafés. Julie l'a pris sur ses genoux. L'autre main de Moïse s'accroche à son cou. Roger touille longuement son expresso :

« Faux et usage de faux documents administratifs, c'est cinq ans de placard et soixante-quinze mille euros d'amende.

— Je sais.

— Et vous avez pensé aux conséquences ? Neuf ans d'études de médecine et le risque de ne plus pouvoir exercer ton métier.

— Oui.

— Bref, vous avez pensé à tout ! s'agace Roger.

— Est-ce un crime de vouloir élever un enfant abandonné ? Et puis ne me prends pas pour une bleue. Je ne suis pas la fille de Roger aux mains d'or pour rien.

— Je ne veux pas te demander ça pour un gamin qui sort de nulle part alors que toi je t'ai abandonnée, souffle Roger gagné par une infinie tristesse.

— Tu ne m'as jamais abandonnée, dit Julie en prenant le bras de son père. Tes parents, eux, t'ont abandonné.

— Ils étaient malheureux, dit Roger en se calant au fond de la banquette. C'est différent. Ils ne pouvaient pas s'occuper de moi.

— Et ils ont gâché ta vie.

— Je l'ai longtemps pensé. Mais en vieillissant je vois les choses autrement. Longtemps, j'ai été très en colère contre mon père, ce pauvre bâtard. Maintenant, je comprends qu'il ne pouvait pas faire mieux. Il m'a appris des trucs.

— Qu'est-ce qu'il t'a appris ? » Julie avale frite sur frite, gagnée par la faim et le besoin de réconfort après des heures à veiller.

« Le jardinage. Les petits travaux quotidiens qui font du bien. C'est ce qui m'aide à tenir, à présent, avec toi et Karim. »

Julie hausse les épaules, le visage fermé. « N'empêche qu'il t'a bien abîmé », dit-elle entre ses dents. Elle interpelle la serveuse : « Ça ne vous dérange pas que je change le petit ici, vu qu'il n'y a que nous dans la salle ? »

La jeune femme lui tend deux nappes en papier et désigne une table : « Mettez-vous là, vous serez plus à l'aise. »

Moïse se bidonne pendant que Julie l'essuie avec des lingettes. « Tu as vu comme il est à la coule cet enfant ? Et il se retrouverait perdu parmi d'autres mômes dans une pouponnière de l'Aide sociale à l'enfance ? Hors de question. Si on peut au moins en sauver un, c'est un devoir. »

Roger enchaîne un second café : « Quand je te vois t'occuper de Moïse, je me souviens de l'avoir fait pour toi avant de renouer avec les conneries.

— Je ne suis pas une braqueuse, moi. Donc ça suffit tes jérémiades, tu as du bois à livrer, et moi je voudrais faire une sieste dans le camion pendant que tu rouleras. Tu te complais trop dans ton passé. C'est pour ça que tu ne vas pas voir Muguette, par narcissisme. Tu tournes autour de ton ego. C'est dommage. »

Ce qu'elle ne dit pas à son père, c'est que le commissaire Carpentier a cherché à la voir en secret. Ils se sont parlé près de la gare de triage, à la tombée de la nuit. « Pour des raisons que vous n'avez pas à connaître, je protège votre père. Soyez sans crainte », lui a dit le flic. Elle s'attendait à un type hautain et autoritaire mais, curieusement, Carpentier ressemblait à son père. Le même ton de voix, les mêmes expressions, la même bonhomie rude.

Elle n'a pas cherché à le questionner davantage. Elle est retournée à sa voiture, les mains dans les poches. Elle a compris qu'il ne fallait rien en dire à Roger.

Un ciel gris métallique écrase le parking du routier. Il se met à neiger. Roger démarre et monte le chauffage. Julie installe le siège bébé côté passager et couvre Moïse avec une veste polaire de son père. Puis elle prend place sur la couchette derrière lui, emmitouflée dans son sac de couchage. Les yeux mi-clos, elle lui souffle : « Si tu savais combien tes lettres quotidiennes m'ont aidée à tenir, quand je bûchais en médecine. » Roger sourit. Par orgueil, il n'en dit rien à Julie, mais il le décide : il ira voir Muguette. Avant cela, il faudra descendre à Marseille, chez le vieil Angelo.

17

« Julie est d'accord ? Il ne faut pas traîner, a déclaré Karl Marx en apprenant l'heureuse issue de l'entrevue de Roger avec sa fille. Je garderai le gosse. » Joseph n'avait pas eu le temps d'émettre une objection qu'il s'était retrouvé dans le camion de Roger, direction la gare. « Je suis content que tu rencontres Angelo. Rien que le bonhomme mérite le déplacement. Il n'a pas le téléphone, je ne peux pas le prévenir, mais s'il n'est pas chez lui, il suffira de le demander dans le quartier. Tout le monde doit le connaître », lui avait dit Roger très excité en parlant de son ancien codétenu faussaire. La perspective du voyage le rendait tout heureux, il en oubliait l'illégalité de l'entreprise. « C'est vrai quoi, on ne va pas tous les jours à Marseille. Angelo est rangé des voitures, mais il n'a pas perdu la main. » Pour un gamin débarqué de nulle part et menacé par la DDASS, Roger savait qu'Angelo se décarcasserait.

Joseph s'est endormi dès qu'ils se sont installés dans le TGV. Quand il se réveille, il se penche vers son voisin : « Tu lis quoi ?

— *Le Vieil Homme et la mer*, souffle Roger. Je l'ai pris dans tes bouquins… Y a encore tes initiales dessus, JD, 1976, on était en quatrième, n'est-ce pas ? »

Joseph approuve.

« Je ne l'avais pas lu, à l'époque. J'aurais dû. Ça me fascine, l'histoire de ce mec paumé au milieu de l'océan qui pêche un énorme espadon finalement bouffé par les requins. »

Roger contemple la Provence par la vitre : « Faut dire qu'à l'époque, je savais à peine écrire, alors lire… » Il ouvre le livre au hasard : « Tu veux ma mort, poisson, pensa le vieux. C'est ton droit. Camarade, je n'ai jamais rien vu de plus grand, ni de plus noble, ni de plus calme, ni de plus beau que toi. Allez, vas-y, tue-moi. Ça m'est égal lequel de nous deux tue l'autre. » Roger soupire : « S'il n'y avait pas eu les livres, en prison, je crois que je ne serais pas là. » Il se lève : « Je te paie un café à la voiture-bar ? Je vais te raconter des histoires sur Angelo.

— Bien besoin d'un café, dit Joseph en se levant lui aussi.

— J'étais en centrale du côté de Châteauroux », reprend Roger en ajoutant du sucre à son café. C'est fou ce que les anciens taulards aiment le sucre, songe Joseph en l'écoutant, son expresso bien en main dans le wagon qui branle. « Y avait un vieux. Enfin vieux, disons sans âge. Il avait un accent italien à couper au couteau. Personne ne le comprenait, d'autant qu'il avait les ratiches complètement dans le désordre. Il nous fascinait parce que question bectance, c'était un vrai cordon-bleu. Il faisait surtout des pâtes dont les sauces embaumaient la coursive. Même les matons avaient les crocs quand ils passaient devant sa porte. Et puis il dessinait comme un dieu. Toujours au crayon de papier. Lorsque je lui parlais de la forêt de notre enfance, il gribouillait. Il m'a montré son dessin, j'ai cru que j'allais tomber dans les pommes. C'était notre forêt à l'état pur, j'ai cru que ce mec avait lu mes pensées. Il faisait aussi des portraits des gars, de leurs gonzesses, de leurs enfants d'après photo. Et des cartes de vœux pour la nouvelle année. Un jour que je bouquinais pendant la promenade, il est venu me voir. Il m'a demandé s'il y avait des livres en italien à la bibliothèque. J'ai rigolé bêtement en lui disant que non. J'ai compris qu'Angelo ne pipait pas un mot de français dans le texte. Tu te rends compte, ce mec qu'était un dieu des faux faffes n'écrivait pas notre langue ! En revanche il n'avait pas son pareil pour la dessiner. Il suffisait de lui présenter les mots et les phrases à copier. Il était capable de faire la même chose avec l'arabe, le mandarin, l'hindi et que sais-je encore. Il reproduisait tout ce qu'on voulait sur ce qu'on voulait : un bout de papier, un rouleau de PQ, un galet… Mademoiselle, pardon, madame, je peux avoir un autre café, s'il vous plaît ? Toi aussi, Joseph ?

— Non, ça va pour moi.

— Un jour, je me suis pointé avec un bouquin alors qu'il touillait sa sauce sur sa plaque chauffante. J'ai tenté le coup : “Tu veux que je te lise un truc ?” Il m'a regardé honteux comme si je lui avais proposé de lui torcher le cul. Il a bredouillé une réponse que je n'ai pas comprise. Alors, je me suis mis à lire. Il m'écoutait en faisant tout ce qu'il avait à faire en même temps. Je prenais soin de bien articuler. Parfois, il lâchait quelques mots en italien. À un moment, il a posé la main sur mon poignet pour me signifier qu'il fallait que j'arrête et il m'a tendu une assiette de pâtes. Un régal.

— Et après ?

— Après quoi ? dit Roger en fronçant les sourcils.

— Tu as continué de lui lire des bouquins ?

— Tous les jours, tandis qu'il préparait ses frichtis. Et puis on cantinait ensemble. On a usé autant de bouquins que de concentrés de tomates et de paquets de pâtes. » Roger tord son gobelet vide : « Lorsqu'il a su que j'allais être transféré, il m'a regardé comme si je venais de brûler une bibliothèque. J'ai réussi à convaincre un codétenu gourmet de prendre ma suite pour lui faire la lecture. » Roger regarde sa montre : « On arrive bientôt. Alors, une dernière pour la route, sourit-il. Il nous en est arrivé une bonne avec le vieux rital au moment des colis de fin d'année. Dans le sien, les surveillants ont découvert un drôle de fuseau enduit de paraffine. Ils ont pris ça pour de l'explosif. Ça a foutu un bordel d'enfer. Jusqu'à ce qu'un démineur appelé en renfort renifle la chose et parte d'un grand éclat de rire : c'était de la poutargue, les œufs de mulet salés et séchés ! Il s'est adressé en italien au vieux qui n'en menait pas large : “J'espère qu'ils vont te laisser te régaler.” Effectivement, c'était fameux sur des œufs durs. »

À la gare Saint-Charles, Roger refuse de prendre le métro ou un taxi. Ils descendent la Canebière jusqu'au marché des Capucins, où Roger achète des dattes et des clémentines. Angelo habite une rue adjacente. Ils s'apprêtent à entrer dans son immeuble quand Roger retient Joseph. « Attends, on a bien cinq minutes. » Ils vont jusqu'au Vieux-Port, se posent à côté des étals des pêcheurs du marché aux poissons. Roger tape à Joseph une Camel dont il enlève le filtre. Il l'allume, tire trois courtes bouffées, l'écrase et aspire longuement l'air du port où se mêlent les odeurs de gasoil et de poisson.

« Tu sais depuis combien de temps je n'avais pas vu la mer ? Parfois, la nuit, dans ma cellule, je rêvais que je plongeais dans la grande bleue. Comme au temps du pont de chemin de fer depuis lequel on sautait dans la rivière. Tu te souviens ? Dans mes rêves, il y avait des daurades, des oursins, des poulpes, je pouvais les toucher. Et puis soudain une fosse insondable. Je descendais pour ne plus jamais revenir. Souvent, je demandais à Angelo de me dessiner la mer. »

Au dernier étage d'un immeuble modeste, une porte s'ouvre au fond d'un couloir. Un vieillard aux cheveux longs cligne des yeux : « Vous êtes qui ? La police ? Les services sociaux ?

— Angelo, c'est moi, Roger, on était en centrale ensemble. »

Les clignements d'yeux du petit homme redoublent : « Oh mon Dieu. »

Ils se tombent dans les bras. Roger serre Angelo avec tant d'émotion que ce dernier dit en riant : « Ne me casse pas, Roro, j'ai plus vingt ans, je suis fragile. Et avec ça, je n'y vois pas grand-chose en ce moment. »

Il devine l'inquiétude de Roger : « Ah ah, je vois ! On vient pour des papiers ! Ce n'est rien, juste l'opération de la cataracte. Il me faudra plus de temps, mais ce sera encore mieux fait. »

L'appartement d'Angelo sent l'huile de térébenthine. Un plateau posé sur deux tréteaux est encombré de tubes de couleurs, de bocaux remplis de pinceaux, d'esquisses au fusain. « Je me suis remis à peindre quand j'ai été libéré. Et puis je vends quelques tableaux, ça complète le minimum vieillesse. »

Joseph l'a raconté à Roger dans le train : Angelo n'a jamais été riche. L'anarchiste faussaire a surtout mis son talent au service de causes politiques : l'extrême gauche, la lutte anticoloniale, les réfugiés sans papiers. Pour se faire des sous, il choisissait soigneusement ses clients : jamais de dealers, de maquereaux, de sanguinaires. Des criminels de haut vol lui avaient proposé des sommes mirobolantes pour se refaire une virginité. Angelo avait toujours refusé. Il mordille une datte en contemplant la photo de Moïse : « Il est beau ce *bambino*. Vous n'auriez pas été capables de faire mieux ensemble. »

Tous les trois rient de bon cœur.

« Et toi Joseph, tu as des enfants ? »

À cette question Joseph avait toujours répondu non, mais ce mot le minait comme les secrets qui pourrissent une vie. Il avait l'impression de trahir sa petite morte. Karl Marx l'avait apaisé à ce sujet.

« L'essentiel c'est que tu t'adresses à elle, que tu fleurisses le cimetière. Les autres, on s'en fout. »

Face à Angelo, il sent que Roger lui tend une main invisible. Il croit l'entendre : « Frérot, je suis avec toi. »

« Non, je n'ai pas eu d'enfant avant de faire connaissance avec Moïse », répond Joseph. Cette fois, il se sent heureux de sa réponse.

« Allez Angelo, on t'emmène manger un morceau », enchaîne Roger.

Le vieil homme a du mal à marcher, il

s'appuie sur une canne. Roger veut le soutenir mais Angelo l'écarte. « Oh Roro, je ne suis pas encore à l'hospice. » Il se retourne en direction de Joseph : « En prison, les années comptent double pour la carcasse.

— Tu veux qu'on aille prendre une pizza ? Tu dois connaître de bons italiens. »

Angelo hausse les épaules : « Oh tu sais, mes jambes me portent de moins en moins. Alors la pizza, j'en mange souvent avec les minots du quartier qui me la montent. Ils me font mes commissions. »

Il désigne du bout de sa canne un modeste bistrot : « Ça vous dirait des sardines grillées ? Elles sont fameuses ici. » Les deux autres approuvent.

Angelo sirote son Casanis et pose sa main sur celle de Roger : « Tu ne serais jamais revenu me voir si tu n'avais pas eu besoin de moi, espèce de chameau. Mais franchement, tu as bien fait. »

Roger se penche vers lui et murmure : « Tu t'y connais en histoires de belle cause, non ? »

Angelo éclate de rire : « Ça y est tu recommences, on ne va quand même pas se disputer à table ! Ton ami Joseph ne doit rien y comprendre. »

Roger scrute discrètement la salle : « On est entre nous ici ?

— *Si, amico.* »

Roger secoue la tête : « Putain, ce qu'on a pu bavasser. Toujours le même sujet. Jo, voici le meilleur de toute une génération de faussaires. »

Angelo, modeste : « Tu exagères.

— Comment ça, j'exagère ? Le monde entier se mettait à genoux pour que tu fabriques de l'artiche bidon. Mais monsieur Angelo a toujours fait sa chochotte ! Pas question de copier le dollar, le franc ou un autre biffeton. »

Angelo gobe une sardine de la tête à la queue et frappe du poing sur la table : « Tu ne dis pas la vérité à ton ami. J'ai fait de la fausse monnaie et tu le sais. Mais jamais de l'argent pour de l'argent. C'était toujours pour des luttes de camarades : les Irlandais, les Palestiniens, le FLN pendant la guerre d'Algérie.

— Alors que t'aurais pu devenir milliardaire en grattant pour les plus grands parrains.

— Ça jamais, répète Angelo.

— Résultat, tu as toujours été fauché comme les blés, ironise Roger.

— Mais j'ai toujours eu le cul propre.

— Moi aussi, revendique Roger.

— À ta manière, oui. Nous sommes nés

tous les deux au mauvais endroit, au mauvais moment. Toi avec un père ivrogne et violent. Moi avec un père antifasciste mort dans les prisons de Mussolini. Tu es devenu voyou parce que tu refusais la fatalité d'être né pauvre, contre ton père. Moi, parce que j'ai toujours lutté en mémoire de mon père.

— Contre la pauvreté oui. Contre mon père, non. »

Joseph est frappé par la sécheresse soudaine du ton de Roger.

« Mon père m'a battu comme plâtre. Il a failli tuer ma mère. Il nous a abandonnés. Mais avec le temps, j'ai compris qu'il avait souffert lui aussi. Beaucoup. Trop. »

Angelo se tait, il joue avec la queue d'une sardine, renonce à la manger. « Je suis fatigué. Allez, ramenez-moi. »

Angelo n'en peut plus de souffler dans l'escalier. Malgré ses protestations, Roger le soutient pour atteindre le dernier étage.

« Tu me vexes, peste Angelo.

— Non, je suis là, c'est tout. »

Le vieux faussaire s'installe dans son fauteuil, son carnet de croquis sur les genoux : « Passez-moi la photo de Moïse », ordonne-t-il.

De sa poche, Roger extrait la photo de

l'enfant. Le fusain court sur le papier par gestes brefs. L'artiste marmonne en italien tout en souriant. Quand il a fini de croquer l'enfant, il lâche : « Tenez, les faussaires ne font pas que des copies. Vous raconterez ça plus tard au gamin, soupire-t-il. Revenez après Noël pour ses papiers, ce sera prêt. »

18

Chez le fleuriste, Roger a choisi sans hésiter des roses blanches, alors que Joseph penchait pour des bruyères. « Pas facile de satisfaire une femme qui s'appelle Muguette », a-t-il ironisé, aussi ému que son ami. À force d'entendre parler de l'histoire du Boiteux et de la jeune prostituée violentée, Joseph s'est pris d'affection pour elle. Lorsque Roger lui a ordonné avec détachement de l'accompagner chez Muguette, après avoir demandé avec autant d'autorité à Karl Marx d'organiser la rencontre, il n'a pas moufté car il était curieux. L'émailleuse a insisté pour les avoir tous à déjeuner le dimanche suivant.

Une fois en bas de l'immeuble, Karl Marx sourit en regardant les fleurs : « T'as rencard avec Édith Piaf ? » Roger bougonne dans l'ascenseur. Il est tendu comme pour un premier rendez-vous. Karl Marx se pince les lèvres pour ne pas éclater de rire. Il frappe gaiement à la porte en les houspillant : « Si ce n'est pas moi qui le fais, vous êtes capables de vous carapater. » La porte s'ouvre.

« Tenez, Muguette, je vous ai ramené votre chevalier servant avec son écuyer », tonne Karl Marx avant de s'écarter. Deux billes sous une frange blonde scrutent Roger et Joseph avec amusement. Muguette est un bout de femme coquettement habillée, elle sort de chez le coiffeur. Malgré sa cinquantaine bien frappée, elle a la grâce d'une jeune fille et leur tend la main avec vivacité. Joseph ne s'imaginait pas la petite gadjé en bourgeoise apprêtée, il la trouve charmante.

Roger reste figé comme une statue de sel. « Tu en as mis du temps à revenir », lâche enfin Muguette. Roger ne sait pas quoi faire quand elle l'invite à entrer. « Tu me fuyais ? » dit-elle avec un sourire en coin irrésistible. Roger est plus embarrassé que jamais. « On peut se faire la bise ? » suggère-t-elle. Il l'embrasse maladroitement sur la joue, tout le monde éclate de rire.

Le salon de Muguette ressemble à ces intérieurs qui font cauchemarder Joseph avec leur mélange de parfums sucrés et d'encaustique, leur débauche de bibelots, de gondoles en plastique et de canevas avec biches et cerfs au milieu de la forêt. Roger fait tomber un napperon et rougit jusqu'à la racine des cheveux.

« Ce n'est rien, le rassure Muguette. Je sais qu'il y a trop de choses ici, mais j'ai horreur du vide. »

Karl Marx s'est installé d'autorité dans un fauteuil, il tourne les pages d'un programme en maugréant. « Ça va au théâtre, dis donc », dit-il. Roger se pelotonne sur le canapé comme un veau sous la mère. Muguette porte une robe couleur tilleul et des ballerines noires.

« Madame est sur son trente et un, siffle le psychiatre.

— Merci, se réjouit Muguette. Elles sont jolies, hein ? ajoute-t-elle en tendant son petit pied vers Roger qui détourne le regard.

— Très jolies », dit Joseph parce que Roger est incapable de parler.

Muguette file à la cuisine et revient avec un plateau d'amuse-gueules et une bouteille de champagne.

« Roger, sais-tu que je connais bien ta Julie maintenant ? »

Il est cramoisi.

Karl Marx tape sur le genou de Roger : « Et on va bientôt trinquer avec elle, hein, maintenant qu'elle est médecin. »

Muguette ajoute : « Je l'aime comme ma fille, ta gamine. »

S'il pouvait, Roger disparaîtrait sous un coussin. Muguette devine son embarras : « Allez maintenant, on boit un coup ! » La conversation roule sur tout et rien. Roger n'en finit pas de contempler cet intérieur douillet comme il n'en a pas vu depuis longtemps. Muguette retourne dans sa cuisine d'où elle lance : « J'ai fait un bœuf bourguignon, j'espère que vous aimez. » Elle revient avec une nappe, une pile d'assiettes et des couverts : « Messieurs, dressez la table s'il vous plaît. » Roger place les fourchettes et les couteaux. Joseph lui donne un coup de coude : « C'est l'inverse, la fourchette à gauche, le couteau à droite. » Roger le foudroie du regard : « Qu'est-ce que j'en sais, moi ? J'ai mangé pendant des années avec une cuillère. »

Muguette raconte son métier, qu'elle adore, elle est émailleuse de montres de luxe. « Des pièces uniques, du grand art, commente Karl Marx.

— Ça serait mieux encore dans ma poche, ironise Muguette. La dernière que j'ai finie hier, quatre-vingt mille euros minimum. »

Roger s'étrangle, Joseph lui tape dans le

dos. Karl Marx lui ressert un verre du vosne-romanée qu'il a apporté. « Vous avez une belle montre, d'ailleurs », dit Muguette en se penchant vers Joseph qui, par réflexe, cache son poignet dans sa main. Conscient que son geste est bizarre, il tend finalement le bras vers l'émailleuse. « Une Hermès des années soixante, celle-ci. Très élégante et rare sur le marché des occasions. Tu n'aimes pas les montres, Roger ? » fait Muguette en se tournant vers lui. Il se fige et part dans un immense éclat de rire. Il boit son verre d'une traite et le tend à Karl Marx : « Allez, sers-moi un autre canon. » Il regarde tendrement Muguette : « On ne va pas se la raconter, tous les deux. Tu sais de quel bois je suis fait, le luxe, j'ai adoré ça. Pas trop les montres, c'était moins mon rayon. Si je pense montre, je pense noyau d'olive. »

Muguette écarquille les yeux : « Noyau d'olive ?

— Ça y est, Roger va te raconter ses histoires, dit Joseph en riant.

— Enfin ! s'écrie Karl Marx. Il se décoince. »

En effet Roger est soudain très à l'aise.

« Tu sais, Muguette, quand j'ai été viré de l'armée, j'ai cherché un boulot. À l'époque, ça n'allait pas fort. Je me suis retrouvé grouillot dans un atelier de montres de luxe. Un ouvrier, Marcel, m'a pris sous son aile. Il a commencé à m'expliquer le métier. Il avait de la bouteille dans tous les sens du terme. Mais, même ivre après le bistrot du midi, il assemblait un mouvement les yeux fermés. Il était aussi doué que grande gueule. Il s'était battu en vain pour monter un syndicat dans cette boîte familiale centenaire où des femmes et des hommes qui avaient de l'or dans les mains étaient mal payés. Régulièrement, Marcel allait s'emplâtrer avec le patriarche de la taule, qui au fond l'appréciait bien. La musique a changé au moment où son fils a hérité de la boîte. Il voulait se faire la peau de Marcel. Ça n'a pas loupé. Un client est venu un jour faire réparer un des plus anciens modèles de la marque, Marcel l'a envoyé sur les roses. Il lui a dit que sa breloque était finie. Le soir, Marcel était viré.

— Quel rapport avec le noyau d'olive ? s'étonne Muguette.

— Un jour, Marcel m'a convoqué dans le rade où il était vissé. Il voulait sa revanche : faucher les montres qu'il avait restaurées. Il m'a demandé si j'étais intéressé pour qu'on fasse équipe. L'idée de jouer les monte-en-l'air chez les notables du coin me plaisait. D'autant que ce n'était pas compliqué. Marcel connaissait les planques dans leurs villas. À nous deux, on s'est mis à faire de la mécanique de coffres. Marcel avait son rituel avant nos larcins. Il prenait un petit jaune bien tassé sur le zinc, il gardait le noyau d'olive en bouche pendant qu'on jouait de la chignole. Fallait le voir sucer son noyau d'olive puis le cracher sur le parquet ciré ou le tapis persan. Lorsqu'il ne volait pas, Marcel causait au bistrot, offrait le champagne et bombait le torse. Il se prenait pour Bakounine et Arsène Lupin à la fois. J'ai fini par décrocher. Il est entré dans une colère noire, m'a accusé de vouloir le balancer. On a failli en venir aux mains. Après ça, j'ai tout fait pour l'éviter.

— Tu ne l'as jamais revu ? demande Muguette.

— Non. Il a fini par se faire pincer. Son ADN était sur un noyau d'olive dans un vase de Sèvres. »

Muguette rit aux éclats. À la fin de l'après-midi, elle apporte le dessert, un saint-honoré.

« Tu sais d'où il vient ? demande-t-elle à Roger. C'est toujours ta pâtisserie préférée ? Celle de l'église ? »

Au moment de se séparer, sur le seuil de la porte, Roger glisse quelques mots à l'oreille de Joseph puis se tourne vers Muguette. « On aimerait que tu fasses Noël avec nous.

— Pourquoi pas ? Mes amies sont toutes en famille. Je serai contente de ne pas être seule. » Roger approuve sans trouver de mots, soudain tout rouge. Il a retrouvé la timidité du matin et ne sait pas quoi dire, un vrai puceau. Muguette lui dit en aparté :

« Il paraît que le Boiteux t'en veut encore. Quelque chose me dit qu'il n'osera jamais s'en prendre à toi directement. Mais reste sur tes gardes.

— Ne te fais donc pas de souci », répond Roger moqueur en la prenant dans ses bras. Mais lorsqu'il est sur le trottoir de la rue coquette où vit sa vieille amie, il ne sourit plus. Il se tourne vers Joseph et lui prend brutalement le poignet : « Et cette montre, c'est quoi ?

— Celle que j'avais offerte à ma femme le jour où l'on s'est mariés, et qu'elle m'a rendue en me quittant », dit Joseph en claquant la portière de la voiture.

Ils rentrent sans s'adresser la parole.

19

Roger enfonce sa bêche dans l'humus et trace un cercle autour d'un jeune sapin. Joseph éloigne Moïse des branches qu'il cherche à attraper. L'Indien attend son tour, le menton appuyé sur sa pioche : « Vous le replanterez où, après Noël ?

— Ici même », fait Roger, le front perlé de sueur.

Une insolente tiédeur a succédé à la neige de novembre et donne des airs méditerranéens à cette veille de Noël. Adossé au tronc d'un chêne, Joseph chatouille avec une herbe sèche le nez de Moïse qui n'en finit pas de rigoler. Désormais il se retourne, essaie de se mettre assis, tient adossé au Chien. Lorsqu'il est étendu sur un tapis, il ne faut pas cesser de le surveiller. Surtout, il s'empare de tout ce qui passe à proximité de ses quenottes. Chez Gandelin, Roger a fabriqué un imposant pare-feu pour que Moïse ne puisse pas s'approcher de la cuisinière à bois. Ses copains bûcherons lui ont offert de magnifiques kilims pour recouvrir le plancher. On est prié de se déchausser avant d'entrer.

Dehors, l'Indien a rempoté le sapin dans un ancien saloir en grès.

« Où sont les guirlandes et les boules ? demande-t-il.

— On s'en occupe avec Jo », décrète Roger.

L'Indien a un sourire narquois. Pendant que les deux compères décorent l'arbre de Noël, il pose sur l'établi de l'appentis un sac de jute. Il en sort de la mousse dont il a soigneusement enlevé la terre, des branches de noisetier taillées, des brins de paille collés entre eux, de la ficelle de lieuse et une épaisse tranche de sapin poncée dans laquelle il a percé des trous.

L'Indien connaît par cœur son jeu de construction. Les quatre plus gros tronçons de noisetier font les piliers, les plus petits les murs du fond, des côtés ainsi que la charpente qu'il assemble avec de la ficelle. Puis il pose les deux toits de paille et tapisse le rondin de mousse. Il le fait tourner pour vérifier que rien n'est bancal. Il ouvre à nouveau son sac en toile.

Dans ses mains, il contemple les figurines de terre qu'il a modelées avec de la farine et du sel avant de les cuire dans son four à pain et de les peindre : l'Enfant Jésus, Marie et Joseph, l'âne, le bœuf et deux moutons. Il place au centre de sa crèche le berceau tressé dans du jonc. Il porte prudemment l'ensemble dans la maison. Joseph et Roger accroupis autour de Moïse tentent de repousser ses assauts sur les boules bigarrées de Noël.

« C'est pour le petit », sourit l'Indien, des fétus de paille et des bouts de mousse accrochés à son pull-over.

Le Chien vient renifler cette construction qui sent la forêt. « Doucement », fait Joseph avec gravité. Roger, peu porté sur les compliments, souffle pourtant : « Elle est magnifique ta crèche. » Il a toujours été ému par les crèches. Celle que ses frères légionnaires en Bosnie avaient décorée pour réchauffer Noël, pendant la guerre, surgit soudain dans sa mémoire.

L'Indien a l'air embarrassé, Joseph l'invite : « Viens, on va la porter devant le sapin. » Aussitôt, Moïse et le Chien se précipitent sur les santons. « J'en étais sûr, ça va être le bronx si elle est reste là. » Joseph fait le tour de la pièce : « Je ne vois pas trop où la mettre sauf sur le rebord de la cheminée. » L'Indien a l'air déçu, Roger claque des doigts : « Va me chercher une planche. Prends aussi de la cordelette, les vis, les clous, les crochets et la perceuse. »

Roger met en œuvre son idée en une poignée de minutes. Quatre trous aux extrémités de la planche, dans lesquels il passe de la corde ; quatre crochets vissés dans les poutres du plafond, à la verticale du sapin, auxquels il accroche les cordes et la planche. On dirait une balançoire. « Comme ça, c'est bien, non ? » demande Roger en se roulant une cigarette. La crèche se balance sous les yeux émerveillés. L'Indien enfile enfin sa canadienne élimée : « Karl Marx m'attend pour cuisiner le menu de demain. »

Il embrasse Moïse sur le front et regarde encore une fois sa crèche. Il est soudain parti très loin, sans doute dans cette enfance barrée un jour par la maladie mentale, le repli sur soi, les hallucinations. Karl Marx ne laisse jamais l'Indien seul pour les fêtes. Le vieux psychiatre sait combien ces rituels peuvent faire remonter les démons et favoriser les délires. Quand il était chef de clinique à l'HP, il avait toujours quelques lits en réserve entre Noël et Nouvel An pour les patients fragiles, qu'il hébergeait afin de prévenir les rechutes.

Dans sa chaise haute, Moïse met allègrement les mains dans sa purée de carottes, pommes de terre et cerfeuil maison, mais ce soir les pères n'ont pas envie d'intervenir. C'est relâche pour tout le monde.

« On casse une croûte ? fait Roger.

— C'est ça, Dom Pérignon et caviar osciètre, raille Joseph.

— N'empêche que je boirais bien un gorgeon.

— J'ai acheté deux kippers l'autre jour chez le poissonnier de la rue de la Cave-d'Enfer. Avec des patates et du gamay bio de Champlitte, ça t'irait ? »

Le hareng et les pommes de terre cuisant ensemble embaument la pièce. Roger remplit de gamay les verres à moutarde. « On trinque ?

— Allez, approuve Joseph. À quoi ?

— Au premier Noël de Moïse, évidemment. Et au calme avant la tempête ! Demain, tu vas voir le bordel ici avec Julie, Karim, l'Indien, Karl Marx, Muguette, et Gandelin qu'on ne pouvait pas laisser seul au milieu de ses carcasses de bagnole. »

Joseph termine une gorgée : « Ça s'est passé comment hier avec la juge d'application des peines ?

— J'ai sorti le grand jeu. Je m'étais garé

devant le palais de justice avec le Volvo. Je lui ai montré le camion depuis son bureau au moment où les flics étaient en train de me pruner. Elle a ouvert la fenêtre et leur a gueulé de ne pas me mettre une amende. Pour la remercier, je vais lui faire quelques stères pour sa cheminée. C'est la vraie bourgeoise avec le foulard machin, mais elle jure comme un charretier. »

Joseph songe que c'est son premier Noël depuis longtemps. Quand ils l'avaient conçue à l'automne, elle était encore toute petite dans le ventre de sa mère le 25 décembre. L'année suivante, Joseph fleurissait sa tombe, seul sur la terre gelée, avec des roses de Noël. À quelques allées de là, il avait déposé une branche de houx sur la tombe de ses parents. Tous les morts de sa famille étaient là, dans ce petit cimetière adossé à la forêt, pas loin de sa nouvelle demeure, qu'il avait choisie pour ne pas s'éloigner de sa fille.

Puis il avait marché des heures dans la forêt. Il avait repris le dernier TGV. Des familles remontaient à Paris, encombrées de sacs remplis de cadeaux. Il s'était réfugié à la voiture-bar pour vider le stock de canettes de bière. Une fois arrivé, il s'était encore ravitaillé en whisky chez un épicier noctambule. Il avait descendu une bonne moitié de la bouteille, avalé une poignée de cachetons et comaté jusqu'au 26 décembre dans l'après-midi. Une affreuse migraine lui avait pilonné le crâne, mais il avait tout de même trouvé la force d'allumer son ordinateur, de décortiquer quelques tableaux Excel et d'envoyer des mails vachards à ses collaborateurs. Il avait la haine.

20

La maison forestière est un joyeux bordel. Tout le monde s'est retrouvé à dix-neuf heures pour déballer une montagne de cadeaux. Muguette est arrivée avec de ravissants petits paquets emballés dans des papiers japonais de différentes couleurs, Julie et Karim avec une énorme boîte JouéClub et des sacs des Grandes Galeries, Karl Marx et l'Indien avec des montagnes de victuailles. Seul Gandelin est venu les mains vides. (« Qu'est-ce que je peux offrir ? Des boulons et des crottes de chèvre ? ») Joseph et Roger ont sorti leurs paquets de l'appentis.

Muguette a visité la maison forestière comme s'il s'agissait d'une villa touristique, admirant chaque détail des outils, de la vaisselle, et vantant l'ingéniosité mise en œuvre pour installer du confort et de la vie dans ce lieu somme toute « dépouillé ».

« Tu es un gars bien, Roger. Et ton ami n'est pas mal du tout non plus. C'est un peu austère à mon goût, bien sûr, mais pour un enfant c'est le paradis. »

Moïse croule sous les jouets. Il les tripote et les jette dans tous les sens. La table paraît trop petite vu l'abondance des victuailles. La dinde rouge des Ardennes réchauffe à feu doux, elle tient à peine dans le four de la cuisinière à bois. Dès qu'il ouvre une huître, Gandelin s'enfile une gorgée de riesling. L'Indien tartine amoureusement le foie gras de Karl Marx sur le pain aux fruits secs qu'il a confectionné. Julie et Joseph se brûlent en épluchant les châtaignes. Au-dessus de l'évier, Roger montre à Karim comment aiguiser un couteau à la pierre sous un mince filet d'eau. Il lui tend une lame : « Je suis sûr qu'elle coupe aussi bien que tes bistouris. »

Après la dinde, Karl Marx trône sur le fauteuil en rotin où Joseph a l'habitude de lire. Il feuillette le cadeau qu'il a reçu, les œuvres de George Orwell dans la Pléiade. Puis il observe le monde autour de lui, les yeux mi-clos. Il y a quelques mois encore, qui aurait pu imaginer une scène pareille ? Ce gosse laissé sur une aire d'autoroute a rassemblé autour de lui une véritable tribu.

Il imagine la portière de la voiture qui s'ouvre dans la nuit, la main qui dépose le couffin sur le goudron. Était-ce celle d'un homme ou d'une femme ? Était-elle ferme ou tremblante ? Il songe à leurs sentiments de l'instant, c'est son métier, les passions humaines. La culpabilité ? Le soulagement ? Le chagrin ? La résignation ? Karl Marx a toujours préféré les questions aux réponses, il préfère vivre avec des interrogations plutôt qu'avec des certitudes qui un jour tombent en cendres.

Le psychiatre n'entend pas tout de suite les murmures autour de lui. Soudain, il comprend que Moïse a disparu et l'Indien aussi. « Oui, dit Muguette, il a voulu le promener dans le kangourou, je me souviens. Ils sont sortis il y a un quart d'heure. » Tout le monde se met à appeler depuis la maison, Joseph allume une lampe torche. Karl Marx se lève quand lui parvient un cri d'effroi.

Julie et Muguette viennent de découvrir l'Indien perché dans un arbre avec l'enfant. Tout le monde accourt et l'implore de descendre. Joseph va chercher l'échelle dans l'appentis. Roger entreprend de grimper, mais il n'a pas l'agilité et la légèreté de l'Indien pour s'accrocher aux premières branches. Seul Karl Marx garde son calme : « Quand comptes-tu descendre ? »

demande-t-il. Tout le monde se tait. Là-haut, l'Indien embrasse Moïse et répond : « Quand je lui aurai montré le vaste monde.

— Ben, on n'est pas rendus », philosophe le psychiatre en allumant un Cohiba. Il fait non du doigt quand Joseph revient avec l'échelle : « Surtout pas. »

Roger lui jette un regard mauvais. L'Indien entre en conversation avec Moïse, inaudible d'en bas. Karim et Julie sont agenouillés dans l'herbe, tétanisés.

« On ne va quand même pas dormir ici. Et tes tartes au sucre ? » lance Karl Marx.

C'est l'Indien qui les a cuites dans son four à pain. Il murmure quelque chose à l'oreille de Moïse. « Le gosse dit qu'on redescendra lorsque vous aurez bu à sa santé au pied de l'arbre. »

« Allez chercher le champagne et les verres », ordonne le psychiatre.

Tout le monde trinque au pied de l'arbre, le regard levé vers l'Indien qui sourit. Il descend avec précaution, non sans avoir cueilli un bouquet de gui dont il offre un rameau à chacun. Au moment où il en tend un à Roger, ce dernier serre un poing féroce dans son dos. « Je ne sais pas ce qui me retient, marmonne-t-il.

— Mais si, tu sais, dit Julie en se collant à lui de soulagement.

— Alors, on va les chercher, ces tartes au sucre ? » dit l'Indien.

Joseph n'a pas un regard pour l'Indien, il est livide. Karl Marx prend son protégé par l'épaule et l'emmène sur le chemin.

« Karim, tu veux bien ouvrir une autre bouteille de champagne, s'il te plaît, j'ai soif », dit Julie, blême.

Muguette lance d'une voix aigrelette qu'elle voulait joyeuse : « J'apporte les tartes. » Elle aussi a eu la peur de sa vie.

Karl Marx et l'Indien devenu mutique sont de retour et s'assoient à table. Roger fait goûter une petite part à Moïse qui en redemande. Le gosse mange contre le Chien qui le lèche, gourmand aussi, délaissant son os de dinde. « Ce n'est pas très hygiénique, ça », grogne Roger.

« Il chopera sûrement moins de saloperies ici qu'à l'hôpital, décrète Karl Marx. Vous en pensez quoi, jeunes confrère et consœur ? »

Julie et Karim se regardent, amusés : « C'est sûrement pas faux. »

Tout le monde somnole devant la cuisinière, le repas et le champagne font leur effet. Julie et Karim chuchotent. Karl Marx ne quitte pas des yeux l'Indien, qui alimente le feu, et Muguette se glisse derrière lui, murmure à son oreille : « Tu ne manges rien. Tu fais semblant mais je te vois. On ne me trompe pas avec ça.

— Si je mange trop, je vomis, Muguette, dit le psychiatre en bâillant. Ce n'est pas si mal, je suis plutôt beau gosse avec ma ligne de jeune premier, non ? » Il lui sourit en lui prenant le bras. « Tu ne t'es pas assez fait de souci pour les autres dans ta vie ? Pense donc à toi. » Il donne un coup de menton vers Roger qui s'est assis dans le canapé, les bras ballants entre les genoux. Alors Muguette va se serrer contre lui, aussi naturellement qu'un chat. Gandelin s'est endormi sur la chaise à bascule. Joseph attrape une couverture, sa parka, et sort.

Il lui suffit de souffler au Chien : « Allez, on va à la clairière des Épissiers » pour que l'animal le précède et s'engage dans une sommière. Ils marchent une vingtaine de minutes avant d'atteindre une trouée dans la forêt blanchie par la lune. Joseph rassemble des brindilles, place dessous son paquet de cigarettes après l'avoir déchiré. Un feu fragile est en train de naître. Joseph s'accroupit et l'alimente consciencieusement pour le faire enfler en flammes crépitantes. Il s'enroule dans sa couverture, avec le chien lové contre son dos qui ne tarde pas à ronfler.

21

Le dernier jour de l'année, Joseph et Roger sont descendus à Marseille chercher les papiers de Moïse chez Angelo. L'enfant a désormais un nom de famille, un extrait d'acte de naissance. Ces attributs vitaux sont amplement fêtés au champagne le soir à la maison forestière, où un véritable conseil de famille prend place. La tribu, rassemblée autour d'une cocotte de pâtes à l'ail des ours, enterre l'année passée. Joseph râpe du parmesan. Roger se lève après avoir bu une gorgée du lambrusco apporté par Karl Marx. Il se racle la gorge avec solennité : « Joseph et moi, on veut faire baptiser Moïse, n'est-ce pas Jo ? »

Joseph approuve mollement. Un ange passe.

« Grand Dieu, manquait plus que ça ! s'étouffe Karl Marx.

— Tu as quelque chose contre ? lance Roger en fronçant les sourcils.

— Je vous ai bassinés pour qu'il ait une véritable identité, et il a fallu que je lutte contre vous deux, têtus comme des mules. Et voilà que vous parlez baptême comme si cela coulait de source ! » Karl Marx est un bouffeur de curé, imam, rabbin réunis, athée pur et dur.

« Mince, ricane Roger, on comptait te mettre parrain. »

Karl Marx éclate de rire : « Ah, ah, moi, je connais qu'un seul parrain, celui de Coppola. Et quand bien même vous baptiseriez Moïse, pourquoi serait-il plutôt catholique que juif, musulman, bouddhiste, protestant, shintoïste et que sais-je encore ? »

Roger se fige : « Qu'est-ce que tu sous-entends ? Qu'il lui faudrait une religion adaptée à sa couleur de peau ? »

Il en faut plus pour émouvoir Karl Marx : « Je ne sous-entends rien. Je pense simplement qu'il faut foutre la paix à Moïse là-dessus, le laisser grandir sans le plonger dans un bénitier ou lui limer la quéquette. Il fera ce qu'il veut plus tard, inch'Allah. »

Roger se tourne vers Julie et Karim : « Et vous, vous en pensez quoi ? »

Le couple se regarde, les yeux cernés par la nuit de garde à l'hôpital : « Franchement, ça nous est égal, dit Karim.

— J'ai connu un curé défroqué très porté sur les Triumph décapotables, raconte Gandelin.

— Quel rapport ? fait Roger.

— Il aimait les petites Anglaises élégantes et nerveuses. Je te vanne, je ne connais qu'un seul dieu, il est en liquide et au black, rigole le chevrier.

— Moi, ça me fait peur, déclare l'Indien. Par là où je suis passé, j'en ai connu des gars qui se prenaient pour Dieu. Même avec leur traitement, ils avaient du mal à redescendre sur Terre.

— Si je peux me permettre, je comprends Roger, ose Muguette. Baptiser Moïse, c'est aussi une façon de renforcer sa famille, ses repères.

— Sœur Muguette, sors de ce corps, cache-moi ce saint que je ne saurais voir, s'étouffe Karl Marx. Je vous rappelle quand même que chez les cathos, on baptise les mômes pour les laver du péché originel. Tu parles d'un foutage de gueule. »

Roger tape du poing sur la table : « Ça suffit ! On va baptiser Moïse, point final.

— C'est toujours l'occasion de faire une bonne bouffe ! » s'enthousiasme Gandelin.

Joseph n'a rien dit. Il sait ce qui se joue pour

Roger dans le baptême du gosse. Pas une histoire de croyance, de dogme, même pas de religion. Mais une rencontre, celle d'un homme qui a cheminé à ses côtés dans ses plus noirs désespoirs lorsqu'il était en prison. Frère Jean, un moine franciscain. Il ne l'a jamais baratiné sur le bon Dieu, il disait seulement que les hommes pouvaient faire autre chose que s'étriper. Roger veut que frère Jean bénisse Moïse au nom de sa foi dans les êtres humains.

Roger avait parlé de frère Jean très vite après sa sortie de prison. À l'époque, Roger se levait à l'heure où d'autres se couchaient gavés de Netflix. Il avait le sommeil en pointillé, avait besoin de se lever, de changer le poisson d'eau, de feuilleter un bouquin. Il sirotait à grands pas sa première Ricoré. Quand il arrêtait de tourner en rond, il allumait sa première clope en faisant claquer le Zippo qui servait de presse-papiers. Joseph le devinait accoudé à la fenêtre, errant dans la nuit de la vie. Parfois, Joseph le rejoignait quand le sommeil lui faisait défaut. De dos, l'ancien taulard semblait un gros chat qui épiait les moineaux. Jo comprenait que son ami savourait le dehors. Il faisait tourner la cuillère dans son mug en tôle avant de s'asseoir sur l'accoudoir du canapé, sans rompre le silence.

À cette époque, il ne fallait pas prendre

l'initiative de s'adresser à Roger, mais le laisser venir. Il arpentait les abords de la maison.

« Qu'est-ce que tu dis ? » demandait Joseph.

Roger arrachait délicatement des mauvaises herbes : « Je dis qu'il faudrait t'occuper de ton extérieur. C'est plus de la terre que t'as, c'est du béton. »

Joseph rigolait : « J'ai la flemme. C'est pas une villégiature ici.

— Qu'est-ce que tu y connais à la flemme, tu n'arrêtes pas de bosser depuis ta naissance », rétorquait Roger.

Il se gavait de l'air du petit matin.

« Qu'est-ce que tu renifles ?

— Le feu de bois. » Roger n'en finissait pas de humer. « Tu ne t'es jamais chauffé au charbon, toi, soufflait Roger. Je me souviens des seaux que je remontais de la cave quand j'étais minot. Quand il n'y en avait plus parce que mon vieux avait bu l'argent de la famille, j'allais en piquer du côté du port. Je fourrais des boulets de coke un peu partout, dans mon cartable, dans les poches de mon paletot. J'ai encore l'odeur de la houille dans la peau. C'était avant la DDASS. »

Un matin, Roger avait ajouté : « Ça fait un siècle que je n'ai pas mangé une grillade au feu de bois. »

L'idée avait alors surgi dans sa tête : ils iraient voir frère Jean, qui vivait au milieu des buis et des boqueteaux dans son sam-suffit, mi-cabotte, mi-cabane forestière. Son ermitage intriguait les randonneurs. Les voisins frappaient à sa porte pour lui apporter des victuailles, un pull, des chaussettes chaudes et vérifier qu'il était toujours de ce bas monde. Ils étaient reçus avec affection. Frère Jean n'avait plus d'âge. Cent ans ? Mille ans ? Il disait que Dieu avait dû l'oublier.

Joseph avait été intrigué que Roger s'arrête à la boucherie le dimanche suivant avant de monter chez le franciscain. Il avait choisi une énorme côte de bœuf.

« Tu vas la faire comment ?

— Laisse-toi guider, tu ne vas pas être déçu du voyage. »

Ils avaient monté le raidillon en silence, Roger perdu dans ses pensées, Joseph de plus en plus intrigué. Frère Jean prenait le soleil sur le pas de sa porte dans son fauteuil en rotin, une couverture militaire grise sur les épaules, un livre entre les mains.

« C'est lui ? avait marmonné Joseph.

— Mon ami, mon confident. Quand plus rien n'allait, il était toujours là, avait murmuré Roger.

— Roger ! » s'était exclamé le religieux en apercevant les deux hommes. Ils s'étaient embrassés affectueusement. « Je vois mal, mais je t'ai senti venir.

— Les restes de l'odeur du mitard, avait blagué Roger.

— C'est du passé. Présente-moi donc ton compagnon de marche.

— Il s'appelle Joseph, avait dit Roger en s'accroupissant contre le fauteuil du moine. Mon plus vieux frère d'armes. »

Frère Jean s'était tourné vers Joseph avec un hochement de tête : « Vous étiez militaire avec lui ?

— Non, avait souri Joseph. Ni frère d'armes à l'armée, ni au braquage, mais dans la vie sûrement. »

L'ermite aux mille vies savait aussi bien parler l'araméen que la procédure pénale.

« Padre, on est venus casser la croûte. Faudrait qu'on fasse de la braise. On peut vous emprunter votre serpe ? »

L'ermite, ridé et maigre comme un clou, avait tendu la main vers son bûcher : « Tout est là-bas. »

Chaque fin d'été, une bande d'apaches montait les stères de chêne, de foyard et de frêne avec quoi le curé se chaufferait sans excès en hiver. Mais il continuait de fendre lui-même le petit bois pour démarrer et relancer ses flambées.

Joseph n'avait pas eu le temps d'attraper la serpe. Roger s'en était emparé d'autorité et faisait éclater les rondins avec un plaisir évident. « Je peux, mon père ? avait lancé Joseph au moine en désignant quatre grosses pierres où il voulait installer le foyer.

— Bien sûr, mais ne m'appelez pas "mon père". C'est Jean ou padre. »

Joseph était allé chercher la côte de bœuf qui prenait l'air avant la cuisson. Roger avait étouffé un « merde » en contemplant la barbaque.

« Qu'est-ce qui ne va pas ? s'était étonné le padre.

— J'ai complètement oublié que vous ne mangiez pas de viande en ce moment », s'était-il excusé. C'était le début du carême.

« Enfin, dit Jean, j'irai en enfer si je ne partage pas un bon repas avec mes amis ! »

Roger n'était pas peu fier de son feu qui crépitait dans le matin ensoleillé. « Il est drôle, ton curé, avait chuchoté Joseph.

— Pourquoi ?

— Il a dû connaître de drôles de paroissiens. »

Frère Jean avait rempli un panier de pommes de terre pour les cuire sous la cendre – et ajouté une bouteille cachetée : « C'est un cadeau d'amis de passage. Autre chose que du vin de messe. »

Ils avaient mangé sous la bibliothèque fournie de frère Jean. Des murs de livres tapissaient la pièce à vivre du moine. Roger s'était attardé sur la couverture d'une biographie de Charles de Foucauld.

« Tu connais ? avait demandé le padre. C'est un sacré bonhomme qui a vécu en ermite au milieu du Sahara.

— L'ermitage, ça, je connais un peu, avait souri Roger.

— Et vous ? avait demandé le moine à Joseph.

— Oui, je connais.

— C'est-à-dire ? avait fait Roger.

— J'ai visité l'ermitage de Charles de Foucauld dans le Hoggar.

— Tu ne me l'as jamais dit, dit Roger.

— Tu ne peux pas tout savoir.

— Vous deux, on dirait un vieux couple », avait ironisé le moine en picorant avec son couteau les minuscules morceaux de viande.

Le premier jour de l'année nouvelle, les voilà qui font le même chemin vers l'ermitage de frère Jean, encore lourds du repas de la veille et dans les vapeurs d'alcool. Le conseil de famille a tranché en faveur du baptême, suivant la recommandation douce et ferme de Muguette. Même le psychiatre a cédé. Roger et Joseph, Moïse, Julie et Muguette sont du voyage. Karl Marx et l'Indien ont renoncé : le premier janvier, c'était la seule grasse matinée de l'année, on n'allait pas la perdre en bondieuseries. Quant à Karim, il a dû partir pour l'hôpital en urgence. Frère Jean est déjà affairé autour de sa maison quand ils arrivent sur les dix heures.

« Bonne année », lancent les visiteurs essoufflés. Le temps est magnifique, ils se sont trop couverts et transpirent. Frère Jean plisse les yeux, sourit. « Tiens, Roger », dit-il calmement, comme s'il l'avait vu la veille. Il lâche sa serpe et s'approche d'eux. « Eh bien, bonne année. » Roger, pour toute réponse, lui tend une énorme côte de bœuf.

Le religieux les installe à la table qu'il a sortie devant la maisonnette, Muguette et Julie tournent leurs visages vers le soleil et ferment les yeux en attendant que l'eau du café bouillonne. « C'est mieux qu'une thalasso, soupire Muguette.

— Sans blague, renchérit Julie.

— Et alors je rencontre la descendance », s'exclame frère Jean en donnant la main à Moïse.

Roger se tient bien droit face à frère Jean et, solennellement, demande : « On voudrait que vous le baptisiez.

— C'est votre fils ? demande le moine à Julie.

— Tout comme, acquiesce la jeune femme.

— Donc c'est ton petit-fils ? dit Jean en se tournant vers Roger.

— Faut croire, rétorque celui-ci fièrement.

— On dirait qu'il est tombé du ciel, cet enfant, rit frère Jean.

— C'est pour ça qu'il s'appelle Moïse, rétorque Roger.

— Alors on va le baptiser, même s'il est déjà enfant de Dieu ! »

22

Moïse braille comme un goret quand, huit jours plus tard, frère Jean verse l'eau bénite sur sa tête. Il se débat dans les bras de sa marraine Muguette, habillée d'une robe rose empruntée à la reine d'Angleterre. Son parrain Gandelin tente de le faire taire comme il houspille ses chèvres : « Arrête ton cirque, Moïse, ce n'est que de l'eau. Ça te connaît, toi qui as marché dessus. »

Frère Jean lui fait signe de se taire. Il en faut plus pour émouvoir le chevrier-casseur : « Allez mon père, mettez-lui l'huile maintenant, ça me connaît mieux que l'eau. »

Tout le monde pouffe, sauf Karl Marx resté à l'extérieur de la chapelle. Il sifflote en contemplant le clocher. Tout à l'heure, il a interpellé frère Jean : « On devrait transformer les églises en lupanars. » Le franciscain a répondu : « Avec Marie-Madeleine en mère maquerelle, j'imagine ? »

Cette comédie a agacé Joseph. Il a beau s'être habitué au côté bouffe-curé de Karl Marx, il n'est pas d'humeur à supporter ses saillies anticléricales ce matin. Adossé à un pilier, il contemple la tête joufflue d'un angelot de plâtre. Tous les jours, quand il s'adresse à son enfant morte, il l'appelle « mon petit ange ». Il lui parle au conditionnel passé : « Est-ce que tu aurais voulu un croissant aux amandes ou un éclair au chocolat ? Une paire de Veja ou de Converse ? Est-ce que je t'aurais cuisiné du foie de veau avec du persil et de l'ail, ou aurais-tu préféré manger des penne à l'arrabbiata chez l'Italien ? » Joseph ne connaît qu'un seul ciel, celui des nuages et des oiseaux, qu'il contemple avec un petit fantôme sur l'épaule. Parfois, il aimerait bien qu'elle lui chuchote : « Papa, je t'aime. » Surtout les jours où il a envie de cogner les murs à poings nus, d'accélérer sur la file de gauche de l'autoroute jusqu'à l'accident, de s'élancer dans le vide du viaduc désaffecté. Toutes ces pulsions se terminent le plus souvent par des cuites homériques.

Pendant l'une de ces nuits d'ivresse où il était menacé d'outrage et de rébellion, un officier de police judiciaire au regard las lui avait dit avant de le pousser dans la cellule de dégrisement : « Si ça vous prend encore de vous foutre en l'air, venez avec moi chercher un macchabée de trois semaines après une overdose de médocs et d'alcool. Ça vous calmerait. »

« Contre le manque d'héroïne, de nicotine ou d'antigel, je peux t'aider. Contre ton manque à toi, je ne peux rien », lui avait dit un jour Karl Marx.

Joseph avait eu envie de lui foutre son poing sur la gueule. Au lieu de cela, il avait emprunté une vieille Kawa à Gandelin et était monté faire de la limaille sur les lacets de montagne, enragé comme jamais. Le parfum des bourgeons et la froidure de la route des crêtes l'avaient apaisé. Une fois descendu, il avait cueilli les premiers brins de muguet sous les feuillus. Il en avait fait un bouquet lié par une herbe longue, qu'il avait déposé sur la petite tombe avant d'embrasser le marbre.

Après le baptême, Julie et Karim jouent les parents modèles en faisant marcher Moïse dans le jardin de frère Jean. Ils échangent des regards complices en tenant chacun une main du géant brun que promet d'être l'enfant, selon leur copain pédiatre. Moïse, habillé par son parrain pour l'occasion, est tout de cachemire vêtu. Ainsi l'a voulu Gandelin, qui s'y connaît autant en vêtements pour bébé qu'en grec ancien. Mais le mécano-chevrier serait capable de dégoter un Tupolev 134 s'il lui prenait l'envie de faire voler un fer à repasser de l'ère soviétique.

« C'est tombé du camion ? » demande Roger en découvrant la marque de luxe avec laquelle Moïse est habillé.

Gandelin prend un air outré :

« Non mais ça ne va pas, jamais pour mon filleul ! »

Le champagne rapproche frère Jean et Karl Marx qui débattent désormais sur le thème : « Jésus était-il fou ? » Roger explique à l'Indien comment ils vont rafistoler le bûcher du vieux moine, sous le regard énamouré de Muguette.

Joseph s'amuse du manège de ces deux-là. Roger et Muguette planquent maladroitement leur idylle. Quand il a fini de dîner à la maison forestière, Roger se force à bâiller avec Moïse sur les genoux alors qu'il n'est que dix-neuf heures : « T'es comme moi, t'es crevé, hein, je te mets au lit et je vais faire ma promenade digestive. »

Joseph sait très bien que Roger ne part pas seul en forêt mais qu'il va rejoindre Muguette dans sa bonbonnière. Roger tourne aussi autour du pot. Il tente : « Muguette propose de garder Moïse aujourd'hui. Tu sais combien ça lui fait plaisir. Ça ne te dérange pas ? » Joseph prend sa voix de faux jeton : « Bien sûr que non. Vous serez tous les deux, je dois aller cueillir des asperges sauvages et donner un coup de main à un jeune d'ici qui monte sa boîte. » Tout le monde a déjà repéré Muguette et Roger, main dans la main, promenant Moïse en ville dans sa poussette. Roger a troqué un après-rasage à deux balles pour l'Eau Sauvage d'antan. Il se désape de sa salopette maculée de cambouis et de son antique tee-shirt siglé Metallica quand il descend de son grumier pour revêtir un 501 et un polo impeccablement repassés. Il ne se lève plus à trois heures du matin pour se rouler une clope et boire une Ricoré en faisant les cent pas. Roger aime dormir à nouveau sous une couette tiède et douce avec une femme près de lui.

Joseph n'est pas jaloux du bonheur de son ami. Assis sur le banc devant la maison du moine, il observe la joie de chacun. Sa femme était allée chez Bonpoint acheter le trousseau de leur bébé avant l'accouchement. Joseph n'avait rien tant aimé que s'échapper du bureau à l'heure du déjeuner pour courir les magasins et choisir un vêtement à sa fille. Elle avait été enterrée dans la grenouillère qu'il lui avait trouvée dans un Monoprix.

« Joseph, Joseph. »

Il regarde la main parcheminée posée sur son poignet.

« Oui, padre ?

— Vous êtes ailleurs mon ami ? Dans le Hoggar peut-être ?

— Pas très loin, sourit Joseph.

— Il faudra venir me voir pour que l'on parle de Charles de Foucauld. »

23

Roger a voulu ce qu'il estime le meilleur pour le jour du baptême de Moïse, c'est-à-dire le restaurant le plus en vue de la ville avec ses larges baies vitrées au milieu d'un parc arboré, parmi les platanes et les tilleuls. On y retrouve toute la bourgeoisie et la notabilité de la ville. Le grand-père a invité tout le monde, seul frère Jean a décliné l'invitation, trop peu habitué à ce genre de lieu. Les nappes sont comme le service, lisses et blanches. Mais quand la tribu s'installe autour d'une table ronde, Roger se raidit.

Il a le regard fixé sur une chemise blanche au fond du restaurant. Il connaît par cœur ces épaules fatiguées, ces manches de chemise retenues par des boutons de manchettes d'un autre âge. Le dos las qui conserve pourtant une droiture immobile. Les cheveux qu'il a connus de jais sont désormais poivre et sel, mais la crinière demeure abondante, peignée en arrière comme au temps où il portait son Perfecto noir sur le holster de son .357 Magnum. À l'époque, il chaussait des bottes gardianes. La légende disait qu'il y cachait un nerf de bœuf avec lequel il triquait, précis et tranquille. C'était bien avant la quincaillerie du taser et du flash-ball équipant désormais policiers et gendarmes. Roger laisse passer les amuse-bouches d'un geste bref et autoritaire. Il n'arrive pas à quitter des yeux ce dos. C'est le flic qui l'a arrêté. C'est Carpentier.

Lors de la fouille, les flics étaient restés pantois en découvrant que Roger ne portait aucune arme à feu. Carpentier allumait une Gitane sans filtre. Roger avait été frappé par son regard aux antipodes de la mine réjouie des autres policiers. Il s'était avancé sans hâte, avait dévisagé Roger dont la bouche avait le goût de sang frais. Il lui avait demandé : « Vous n'avez pas de mouchoir ? » Roger avait fait oui de la tête, puis non en désignant les menottes entravant ses mains.

« Les gars, enlevez les pinces à monsieur, qu'il se nettoie, on ne ramène pas chez nous un homme avec cette gueule. »

Les mains libres, Roger avait sorti de sa poche un chiffon et s'était essuyé entre les deux hommes qui l'encadraient. Le policier scrutait les crêtes des falaises. Roger s'était réfugié dans un wagon de marchandises transformé en abri de chasse. L'endroit s'appelait le Cirque aux Loups.

« C'est un bel endroit et un nom qui claque pour un braquage qui finit mal », avait dit l'autre avant de lui tendre une cigarette. En l'allumant, il avait ajouté : « Capitaine Carpentier. Il y a pas mal de cèpes ici à l'automne. Vous le saviez ? »

Roger n'avait pas répondu.

« Vous n'êtes pas près de le revoir, votre Cirque aux Loups. »

Il avait eu les honneurs de la voiture de l'officier, sur la banquette arrière, sous haute surveillance. Carpentier avait coupé la radio qui crachotait, mais son téléphone avait sonné avec frénésie. De mauvaise grâce, il avait fini par répondre : « Oui, merci, monsieur le procureur. » Roger avait compris qu'on parlait de lui en entendant dire « Roger aux mains d'or » à l'autre bout de la ligne. Carpentier avait raccroché : « Il peut se la mettre où je pense, sa conférence de presse. Tout ça pour faire les beaux dans le journal. »

Il avait regardé Roger dans le rétroviseur : « Vous avez besoin de points de suture ? Vous savez, on n'est pas des chiens. » Roger avait décliné la proposition. « Vous en avez vu d'autres, hein ? » avait ajouté l'officier.

Au commissariat, il s'attendait à se retrouver dans un cachot crasseux. Au lieu de cela, on l'avait emmené au sous-sol dans une pièce borgne remplie de boîtes d'archives et de journaux. L'endroit sentait le tabac froid et le pastis. Deux gardiens de la paix l'avaient installé devant un bureau métallique et attaché par une menotte à un radiateur en fonte bouillant. Il faisait une chaleur épouvantable. Ils avaient refermé la porte à clé.

Roger avait écouté leurs pas s'éloigner entre deux rires. Il avait fermé les yeux pour oublier le néon qui clignotait au-dessus de sa tête. Il voulait dormir, mais la position était inconfortable. Il n'était ni triste, ni inquiet. Juste vide. « Vous avez droit à un avocat dès la première heure de garde à vue, lui avait dit Carpentier.

— Pas de baveux », avait répondu Roger. Ç'avaient été ses seuls mots. Il était redevenu Mains d'or à qui l'armée avait enseigné l'art de garder le silence dans les situations extrêmes.

Le sommelier dispose des flûtes à champagne sur la table et se penche vers Roger :

« De la part de monsieur Carpentier. » Joseph tient Moïse sur ses genoux et bataille pour l'éloigner de l'apéritif. « Ça va ? » Il lance un regard interrogateur à Roger qui sent monter la colère. Ce flic le reconnaît vingt ans après et joue avec lui ! Il tripote nerveusement le pied de son verre, une image lui revient en mémoire comme les bulles à la surface du champagne : Carpentier le jour de son arrestation. Il avait posé des questions affûtées, n'avait manifesté aucune impatience face au mur de béton qu'était Roger. Il marchait derrière son bureau, les mains dans les poches de son jean, et avait stoppé brusquement : « Fait faim, non ? »

Roger était resté mutique. Carpentier avait ouvert la porte de son bureau, braillé le nom du planton et lui avait parlé tout bas. Les questions avaient repris. On avait frappé à la porte. « Entrez », avait grogné Carpentier. Roger avait perçu un bruit de verre dans son dos. Il s'attendait à mâchonner un sandwich desséché quand un garçon dc café avait déposé sur le bureau un plateau avec deux entrecôtes-frites et une fillette de vin rouge. Carpentier avait tendu son assiette à Roger, qui avait picoré des frites avant d'attaquer la viande. Elle avait beau être saignante et tendre, il avait du mal à la couper avec le couteau à bout rond. Carpentier avait souri en ouvrant un tiroir de son bureau, il lui avait tendu un Laguiole avec un manche en bois de genévrier : « Ça ira mieux avec ça. »

« Vous remercierez monsieur Carpentier », souffle Roger au sommelier avant d'inviter les autres à trinquer à la santé et à l'anniversaire de Moïse.

Au dessert, tout le service en salle s'est mobilisé pour apporter une pièce montée en forme de couffin. Ainsi l'a voulu Roger. Il avait toujours rêvé de ces monuments de choux à la crème pour lesquels chez lui on n'avait pas les moyens. Julie a coupé en deux un chou pour Moïse, qui tète la crème comme un chat. C'est l'heure des cadeaux. Muguette accroche une gourmette en or au poignet de l'enfant. Gandelin pose sur la table une timbale en argent gravée à ses initiales. Karl Marx déballe une reproduction de *L'Enfant à la colombe* de Picasso. L'Indien a sculpté un hibou dans du tilleul. Julie et Karim ont rapporté de leurs vacances un scarabée égyptien en albâtre. Joseph tente d'accrocher au cou de l'enfant un pendentif en argent à l'effigie de Moïse. Tous les regards se tournent vers Roger. Impassible, il plonge la main dans son sac à dos au pied de la table. Il en ressort un paquet enveloppé dans du journal et le tend à Joseph avec un air de défi :

« Vas-y, ouvre-le. »

Joseph soupèse un parallélogramme lourd et dense. Il le déballe, c'est de l'or pur, un lingot frappé des cinq lettres, M-O-Ï-S-E. Il fait un rapide calcul avant de le remballer : il y en a au moins pour vingt-cinq mille euros. « Mais enfin, d'où tu tires ça… Tu as une planque, évidemment, souffle Joseph.

— Et puis ? éructe Roger. Ça vaut bien vingt ans de placard. » Il a parlé fort, comme pour interpeller le policier qui le provoque du fond de la salle.

Alors Carpentier se lève. Il traverse la pièce, allume une Gitane et disparaît parmi les arbres. Roger fait rouler une boulette de mie entre ses doigts. Il se lève à son tour en caressant la joue de Moïse. Karl Marx a fait signe à Joseph de laisser Roger sortir avec l'homme.

Il prend tout son temps pour rouler sa cigarette. Ses doigts tremblent un peu. C'est si rare pour Mains d'or. « Bonjour, articule le flic.

— Bonjour », murmure Roger. Ils n'ont pas encore échangé un regard. Ils fument en silence. Carpentier jette d'une pichenette son mégot, allume une autre Gitane qu'il aspire longuement.

« C'est bon, ici, dit-il. Mais ils ne varient pas assez leur carte. Les morilles, ça lasse, à la longue. » Puis il éclate d'un rire acide. « Vous dire ça à vous qui avez mangé à la gamelle pendant vingt ans.

— Détrompez-vous, on s'arrange, en centrale. Il y a de sacrés cordons-bleus, même si on ne cantine pas des morilles. »

Roger ne s'attendait pas à rompre le silence sur une histoire de cuisine avec celui qui l'avait arrêté. « Vous avez mangé de l'entrecôte depuis votre libération ? »

Roger hoche la tête : « Plusieurs, mais elles n'avaient pas le goût de celle que j'ai mangée dans votre bureau en garde à vue. Celle-ci restera la meilleure de ma vie, je savais que c'était la dernière avant longtemps.

— Le bistrot où je l'avais commandée a fermé avec le départ en retraite des tauliers. Maintenant, c'est un Subway. Mes gars se gavent de leurs sandwichs dégueulasses. »

Ils regardent les corneilles chahuter dans les branches.

« Je peux vous poser une question ? souffle Carpentier.

— Allez-y.

— La première chose qui vous a marqué lorsque vous êtes sorti de prison. »

Roger se pince les lèvres : « Les gens sont rivés à leur téléphone dans la rue. Ils ne se regardent plus.

— C'est vrai, approuve Carpentier. Au bureau, mes gars sont tellement occupés à pianoter qu'ils ne se rendent pas compte quand je leur fauche leur flingue. Vous verriez la panique au moment où ils le découvrent ! Cela dit, c'est un sacré mouchard dans les enquêtes, le téléphone mobile.

— Je ne sais pas », lâche Roger.

Carpentier tourne la tête et le fixe : « Remarquez, je ne vous aurais jamais imaginé monter au braquage avec un iPhone 11. Ni avec une kalachnikov. Trop fier, monsieur Roger ! »

Il part au quart de tour : « Si c'est pour me dire ça, je crois qu'on va en rester là. »

Il recule en serrant les poings avant de tourner le dos à Carpentier qui le rattrape par le bras. C'est comme une mâchoire de chien d'attaque. Il a rarement connu de telles étreintes. Une fois, en Bosnie, alors qu'il accompagnait son capitaine pour négocier à un checkpoint serbe, il avait fallu trinquer à huit heures du matin à la slivovica. Dans un premier temps, Roger avait refusé la gnôle, mais un colosse barbu l'avait contraint en lui broyant le bras avec sa main large comme un battoir.

« Bon Dieu, pourquoi tu n'as jamais parlé ? » éclate Carpentier.

Roger se tait, les yeux dans ceux du flic qui devient écarlate à mesure qu'il déverse son flot de paroles.

« Ils étaient tous en train de te charger et tu restais muet comme une carpe. Ces minables te mettaient tout sur le dos. Résultat, ils étaient déjà dehors quand toi tu continuais de bouffer ta merde en taule.

— Ah, l'aveu ! ricane Roger.

— Quoi, l'aveu ?

— La reine des preuves, ironise Roger. Le Graal pour un capitaine ambitieux. »

Carpentier lève les yeux au ciel : « Mais que tu es con. Pour moi, ça n'aurait rien changé. Je pars en retraite dans trois mois, le temps que mes gars prennent leurs vacances. En vingt ans, j'ai vu passer toutes les promotions, comme toi tu as vu défiler les centrales. Je n'ai jamais léché le cul de la hiérarchie ni des syndicats. Je suis resté dans cette putain de ville à renifler des petits vieux oubliés, récupérer des gamines violées dans un local à poubelles et des mères explosées par des brutes. J'ai dépendu des mecs morts de désespoir, j'ai tenu dans mes bras des gamins en overdose. Tu ne crois quand même pas que j'attendais une médaille pour ton arrestation.

— Pauvre officier de police abonné aux faits divers, le nargue Roger. Pourtant, chez vous, on répète que vous êtes le dernier rempart de la démocratie. »

Carpentier éclate de rire : « Tu crois que j'ai fait flic pour défendre la veuve et l'orphelin ? Pour l'adrénaline ? Non, cher Roger, mon vieux était un prolo à l'usine qui voulait que je sois fonctionnaire. J'aurais pu travailler aux PTT, à la SNCF, aux impôts.

— Vous allez me faire pleurer.

— OK, tu étais braqueur lorsque j'étais flic. Mais on vient du même terreau.

— Certainement pas, le coupe Roger.

— Et pourquoi ?

— Toi, tu as toujours été du côté de l'ordre établi, des bourgeois.

— Et toi, tu vas me faire croire que tu braquais pour aller aux Restos du cœur ? Vivre dans une ZUP pourrie ?

— Non. Je braquais pour vivre bien. Mon père aussi aurait aimé vivre bien, mais la société ne le lui a pas permis. Il n'a pu que détruire sa famille. J'ai fait vingt ans de prison, mais j'ai une famille, moi.

— C’est vrai. Mon père à moi est dans un caveau à dix places. Le tien dans de la poussière de caillasse. Tu t’en es bien sorti, Roger, tu as choisi la vie », souffle Carpentier.

Roger lève sur lui un regard perdu.

Une serveuse apporte deux cognacs que Carpentier a commandés.

« Je sais que tu ne trinqueras pas avec moi, ajoute le flic. Mais laisse-moi au moins boire à la santé de ton petit-fils et de son baptême.

— Comment tu as su que j’étais dans ce restaurant pour cette occasion ?

— J’ai mes habitudes quand j’y viens. Je commence toujours par aller pisser pour jeter un œil sur le livre des réservations. On ne se refait pas. »

Carpentier lève son verre : « À Moïse », boit une gorgée puis secoue la tête. « Tu peux être fier de sa mère. Ta fille. Tu aurais pu la voir grandir. »

Roger avale d’un trait et se racle la gorge.

« Roger, où es-tu ? » Muguette tient Moïse qui se penche vers un bout d’écorce d’un platane.

« On dirait qu’on nous attend, sourit Carpentier. C’est une chic fille, Muguette. Je sais que tu en prends soin. Mais le Boiteux ne t’a pas oublié.

— Et alors ? souffle-t-il, bravache.

— Ça fait vingt ans qu'il ronge son frein en attendant de te faire la peau, soupire le flic. Il va et vient. Pendant que tu étais à l'ombre, il est devenu superviseur du trafic pour un gros bonnet de la drogue. Tu le croiserais sur une aire d'autoroute, tu dirais un vieux beau qui remonte de Saint-Tropez, sauf qu'il claudique. Il ne l'a jamais digéré. »

« Que se passe-t-il ? » dit Muguette en s'approchant.

Carpentier la salue d'un mouvement de tête et rentre dans le restaurant. « Un copain ! On parle du temps passé », dit Roger en souriant. Il la prend par le bras : « Rentrons. »

24

Un doux après-midi de janvier, Joseph et Roger profitent d'un bord de rivière qu'ils affectionnent. Furieuse à la fonte des neiges, indolente l'été, la rivière est leur eau-de-vie qu'ils sirotent à la façon de la gnôle au fond de la tasse à café tiède. Roger s'émeut de voir Moïse tenter de se dresser en s'appuyant sur ses doigts déployés. Il se met debout, s'accroche aux tables, aux meubles et aux mains qui l'aident, même à la crinière du Chien qui lui donne des coups de langue affectueux alors qu'il retombe sur son derrière. Julie et Karim le gardent quand ils le peuvent ou quand les pères ont besoin d'un coup de main. Moïse a sa chambre chez ses parents officiels, joliment décorée. Pour leurs collègues, Moïse a été adopté au Maroc par Julie et Karim. Personne ne se pose de questions, les rires du bébé mettent tout le monde d'accord.

« Ça y est, il en est train de se faire la belle », soupire Roger alors que le bonhomme attrape une branche pour s'aider. Depuis quelques jours, il se détend. Il n'a plus entendu parler du Boiteux après sa rencontre avec Carpentier, il n'a pas reçu de nouvelle menace. On ne l'appelle plus pour raccrocher subitement. Personne ne verse de poissons morts devant chez lui. Chaque matin, il vérifie qu'il n'y a pas de trace suspecte autour de la maison, de pas ou de pneu. Tout semble tranquille, comme si le Boiteux n'avait jamais existé. « Il a peur de moi », se gargarise Roger en bombant le torse.

De retour à la maison forestière, Joseph sent que son ami a quelque chose à lui demander. Il espère juste que ce n'est pas une connerie. Joseph sait que cela peut arriver, un coup de Trafalgar de Roger, genre piquer le tracteur du voisin, entreprendre un rodéo, siphonner de l'essence. La liberté après la prison, c'est fragile comme une fleur de coquelicot en mai. Joseph le laisse venir, il ne va pas le forcer. « Tu ne reprendrais pas un café ? » demande-t-il. Va pour le jus.

La cafetière italienne ronronne. Roger contemple avec tendresse Moïse qui s'est rendormi dans le lit de Joseph. Il tend son mug en tôle à son ami, la main légèrement tremblante.

« Tu ne m'emmènerais pas quelque part ? » souffle-t-il d'une voix hésitante.

Joseph hésite : « Où ça ?

— À quelques dizaines de bornes d'ici.

— Et Moïse, on en fait quoi ?

— On le dépose chez Karl Marx. Je préfère qu'on n'y aille que tous les deux. »

Durant le trajet, il se contente d'indiquer le chemin : « à gauche », « à droite », « tu continues ». Ils traversent des bleds blindés de roses de Noël et de ronds-points qui sentent le concours des villages fleuris. Roger lisse son jean de ses mains moites, il n'est pas dans son assiette. Ils bifurquent sur un chemin gravillonné qui s'enfonce dans une forêt inconnue de Joseph. C'est un massif granitique couvert de hêtres et de conifères. Le chemin se rétrécit en un sentier herbeux. « Arrête-toi là », décrète Roger. Il claque la porte de la voiture et avance à grandes enjambées. Sûr de sa destination. Joseph le suit, de plus en plus intrigué : « C'est pourtant pas l'époque des cèpes », risque-t-il. Roger ne répond pas. Sa nuque tannée oscille imperceptiblement.

Le sentier débouche sur un cirque qui fut autrefois une carrière. En ce jour de printemps, le genêt omniprésent explose en fleurs jaunes. Roger se faufile parmi les arbustes qui laissent apparaître les restes d'une cabane de chantier construite à l'âge d'or du fibrociment. Ce n'est plus qu'une ossature en ruines. Le sol est jonché de canettes vides et de restes de feu. Roger fait le tour de la masure, puis s'immobilise comme un chien d'arrêt devant ce qui doit être un énorme pied de rhubarbe dont Joseph se demande ce qu'il fait ici. Tout doucement, Roger s'accroupit et caresse la terre. Il passe de longues minutes dans cette position, les yeux fixés au sol.

C'est peu dire que Joseph ne l'a jamais vu ainsi. Il se sent intrusif, l'air épais accentue son malaise. Roger se lève et se tourne sans hâte, le regard embué.

« T'as vu cette putain de rhubarbe ? Elle est belle, hein, ricane-t-il. Tu te demandes ce que tu fous devant un pied de rhubarbe surgi de nulle part ? »

Joseph se sent bête : « T'as planqué le magot là-dessous ? »

Le regard de Roger se fait presque haineux : « Tu ne serais pas mon ami, je te défoncerais. Y a mon père là-dessous, connard.

— Hein ? »

Roger s'assoit sur une pierre et commence :

« C'était quelques semaines avant que je sois

arrêté. J'ai reçu un coup de fil d'un éducateur qui m'avait suivi quand j'étais en famille d'accueil. Il m'a dit que mon père était en train de mourir à l'hosto.

— Qu'est-ce que t'as fait ? »

Roger hausse les épaules : « J'ai gambergé comme un malade. Pense donc, je retrouvais celui qui avait massacré ma vie, mais aussi celles de mes frangins, de mes frangines, et surtout de ma mère. Qui rentrait bourré rien que pour nous triquer. Qui avait sans doute tripoté ma petite sœur, qui avait fait voler la famille en éclats – si on pouvait appeler cela une famille. Ma mère en était déjà morte de chagrin. J'ai gambergé.

— Et alors ?

— Je me suis dit qu'il fallait que j'aille le voir à l'hosto pour lui cracher à la gueule une dernière fois. » Roger mime une porte qu'on pousse : « Il n'était plus qu'un squelette. Le foie et les poumons pourris. On ne lui voyait que les yeux dans ses orbites profondes comme des cratères. Il m'a longuement scruté : "Tu es venu", qu'il a murmuré. Moi, j'avais du mal à croire que cet ectoplasme avait été mon bourreau. Je suis resté une éternité devant son lit. Je regardais les gouttes s'écouler dans la perfusion. J'avais l'impression que la bise soufflait à travers tout mon corps. Un vent froid de chagrin et de colère. Je n'avais jamais été tourmenté comme ça. Il ne me quittait pas des yeux, comme s'il voulait m'attraper une dernière fois. Il a fait un gros effort pour tendre le bras. Ses mains qui m'avaient pilonné la gueule, elles étaient devenues flasques comme des méduses.

— Tu ne lui as quand même pas serré la louche ? »

Roger arrache une tige de rhubarbe. « Si. »

C'est un « si » de seigneur, magistral et pudique.

« Il n'a plus quitté ma main. Il ne m'a pas demandé pardon. Il ne s'est pas livré sur sa chienne de vie. Tu sais, à douze ans déjà, il travaillait ici, dans cette carrière. Les mains en sang à cause de la barre à mine qu'il pouvait à peine porter. Lui aussi, battu comme plâtre par son père, son grand-père, ses oncles. Une enfance d'humiliation. À la fin de la journée, sa mère venait parfois le chercher avec une bouteille d'eau fraîche et d'Antésite. Ensemble, ils cueillaient des fraises des bois, des mûres, des noisettes. Ce furent les seuls moments heureux de sa vie. Il m'a seulement fixé en silence et il m'a demandé de jeter ses cendres à cet endroit. »

Dans un regard panoramique, Roger tente de ressusciter l'ancienne carrière. Il se penche à nouveau sur le pied de rhubarbe : « Il est mort dans la nuit. Je n'ai prévenu personne. J'étais seul au crématorium. On m'a filé ses cendres dans une urne en carton et je les ai répandues ici. Le lendemain, j'ai creusé et caché ce qu'il me restait de butin, au cas où le casse tournerait mal. Il a mal tourné. Tu sais quoi, depuis tout ce temps, un pied de rhubarbe a poussé sur les cendres de mon vieux. Et je ne sais pas d'où il vient. Tout ce que je peux te dire, c'est que la tarte à la rhubarbe, c'était leur dessert préféré, à maman et lui. »

Joseph garde pour lui la question qui lui brûle les lèvres : « Et ton magot, il est encore là-dessous ? Il te reste quoi comme diamants, comme lingots ? » À cette question il sait que Roger opposera un sourire malicieux et dissuasif comme si on violait pire que sa conscience, son intimité.

25

Le téléphone de Joseph vibre dans la poche de son treillis. Le numéro de Muguette apparaît sur l'écran. Elle l'appelle pour raconter comment se passe la journée avec Moïse, qu'elle a pris en pension trois jours. Les deux hommes ont des travaux à faire autour de la maison, Julie et Karim enchaînent les nuits à l'hôpital. Muguette se rend disponible à tout moment pour le petit qu'elle adore. Joseph sourit à la perspective d'entendre parler de petits pois-carottes et de dessert au chocolat. D'abord il n'entend rien dans le vacarme de la tronçonneuse que manie Roger, puis seulement une respiration saccadée. Il fait signe à Roger de stopper l'abattage. Dans le silence ensoleillé de la forêt, une plainte fait trembler le téléphone. Au troisième hurlement, Joseph comprend les gémissements de Muguette :

« Il a enlevé Moïse ! »

Joseph se fige. Comme hier, comme il y a un siècle lorsque la standardiste lui avait tendu le combiné alors qu'il arrivait à son bureau. Les mots reviennent en rafale, pompiers, réanimation, hôpital, et puis ce silence insupportable quand il avait demandé à l'urgentiste : « Elle est comment ? » Il avait répété sa question en hurlant crescendo jusqu'à ce que les trois mots du médecin tombent, trempés d'une tristesse infinie : « Elle n'est plus en vie. » À cet instant-là, Joseph n'avait pas compris la réponse. C'était impensable. Il s'était réfugié dans une antienne qu'il répétait : « Vous essayez de la réanimer, hein ? » Il n'entendait pas la voix du médecin qui lui parlait doucement : « On a tout tenté monsieur, tout. C'est fini. » La lumière s'était éteinte dans la tête de Joseph.

« Jo, qu'est-ce qui se passe, bordel. »

Roger le secoue comme un prunier jusqu'à ce qu'il lâche : « Moïse a été enlevé. » Roger bondit comme un félin en entraînant son ami par le bras. Arrivé à la route forestière, il décroche à la hâte la semi-remorque de son grumier.

« Monte, vingt dieux ! » crie Roger.

Le moteur six cylindres de douze litres rugit dans les ornières avant de rejoindre le goudron où Roger conduit pied au plancher. Il est aussi impassible que son camion semble fou. Il remonte au braquage. Mâchoires carrées, regard impénétrable, respiration maîtrisée. Il enchaîne les seize vitesses du Volvo. Au bas de l'immeuble, il vérifie par réflexe la présence de son poignard dans sa ranger droite.

L'ascenseur est trop lent à venir. Ils grimpent les escaliers quatre à quatre. Joseph ne sent plus ses jambes, il est pris de vertige et tangue. Roger le rattrape par les épaules. « Allez, Jo, ce n'est pas le moment de flancher. » Muguette ouvre la porte. Son visage est en sang, une vilaine plaie ouverte dans ses cheveux ébouriffés. Son corsage est déchiré, elle respire difficilement.

« Il m'a cassé des côtes », souffle-t-elle.

Roger l'étend sur le canapé tandis que Joseph s'apprête à téléphoner. « Tu fais quoi ? demande froidement Roger.

— Le 18 », répond Joseph.

Roger lui arrache le téléphone des mains. « Pourquoi pas les flics ? » grogne-t-il en composant le numéro de Julie : « Ramène-toi d'urgence avec Karim. Prenez du matos, de quoi recoudre. Moïse a été enlevé chez Muguette, elle a salement morflé. »

Il écoute la réponse de sa fille et enchaîne :

« Une alerte enlèvement ? La police ? Vous rêvez ou quoi ! On est sûrs de ne jamais revoir Moïse. »

Roger raccroche et prend Muguette dans ses bras : « Jo, fais-nous du café, on va en avoir besoin. »

Muguette dort dans les bras de Roger quand Julie et Karim arrivent.

« Nous, on file, dit-il.

— Vous allez faire quoi ? demande Julie entre deux palpations.

— Retrouver Moïse. » Le braqueur a parlé.

Gandelin peste sur une culasse rebelle lorsqu'ils débarquent chez lui. À leur mine, il devine tout de suite la catastrophe. « Y a un Trafalgar ? dit-il en se mouchant bruyamment dans un chiffon plein de cambouis.

— C'est Moïse. Le Boiteux l'a enlevé chez Muguette. »

Le mécano-chevrier envoie une grosse morve au sol. « Putain, ça va chier.

— Donne-moi plutôt l'adresse de Grandes Oreilles, dit Roger.

— Qu'est-ce qu'il a à voir là-dedans ? demande Gandelin.

— T'occupe, je vais juste tailler une bavette et faire une course.

— C'est chaud là-bas, les chouffes vont te voir venir et prévenir leurs aînés. Tu veux t'équiper ? suggère Gandelin en mimant le geste d'un pistolet que l'on dégaine.

— Non, fait Roger, je n'y vais pas pour foutre le bronx. Juste une explication à la régulière. Tu me prêtes une tire ?

— Prends la Porsche Cayenne que je n'arrive pas à fourguer, ça fait sérieux chez les dealers. »

Joseph s'apprête à monter dans la voiture lorsque Roger le repousse fermement. « Non, Jo, tu restes là. Prends des forces, on va en avoir besoin. File plutôt à Super U acheter de quoi nourrir et changer Moïse quand on l'aura retrouvé.

— Je préviens les gitans ? propose Gandelin.

— Pourquoi pas l'Armée rouge pendant que tu y es, ricane Roger. Hier soir, il y avait barbeuc chez eux. À l'heure qu'il est, ils doivent être en train de souder la Pologne à la Russie à coups de vodka. Tu fais ça et on aura le GIGN et le RAID au cul dans une heure. »

La nuit est tombée. Roger revient. Il pose sur la table de la cuisine de Gandelin un téléphone à carte prépayée.

« Tu nous sors un fromage de bique, du pain et du rouquin », fait-il, provocateur.

Joseph l'observe avec admiration, se dit que sa réputation de beau voyou n'était pas usurpée. « Alors ? tente-t-il.

— Tout va bien », assure Roger en coupant en deux un crottin de chèvre.

Il n'en dira pas plus. Joseph n'arrive pas à avaler la moindre bouchée. Derrière la porte de la cuisine, Gandelin s'affaire dans le garde-manger. Il en revient avec un sac de marin gonflé à bloc :

« Je nous ai préparé quelques outils. Un fusil à pompe, une carabine à gros gibier plus un Glock facile à manier pour Jo. »

Roger éclate de rire : « Tu ne vas quand même pas lui filer un flingue ! »

Roger fait arrêter Gandelin avant l'ancienne buvette des pêcheurs. Ils ont pour eux une vraie nuit sans lune lorsqu'ils s'engagent vers la villa du Boiteux. La rivière murmure dans l'obscurité. Ils traversent une grande prairie qui embaume le foin fraîchement coupé. Derrière un rang de peupliers, la masse sombre d'une grosse maison émerge, une lumière jaune se détache. En se rapprochant, les amis distinguent une fenêtre éclairée au rez-de-chaussée. Joseph est hypnotisé par ce faisceau lumineux. Il se souvient du néon blafard clignotant à la morgue. Son cœur cogne dans sa poitrine. Non, Moïse ne peut pas mourir. « Pas toi », se répète-t-il.

Arrivé à hauteur des peupliers, Roger fait signe aux autres de s'arrêter et de s'accroupir dans le foin coupé.

« Vous restez là, je vais faire le tour de la baraque. Si jamais ça chauffe, vous rappliquez. Toi, Gandelin, tu te concentres sur le Boiteux, tu me couvres. Toi, Jo, tu n'auras d'yeux que pour Moïse. »

Roger disparaît sous une haie de thuyas en rampant. Joseph et Gandelin sont tapis dans la nuit.

« Bon Dieu, on ne peut même pas fumer, maugrée le casseur-chevrier en fouillant dans son paquet d'Ajja.

— Que fais-tu ? murmure Joseph.

— Une chique, j'aurai au moins le goût du tabac. T'en veux une ?

— Ouais. » Le goût est épouvantable.

« C'est dégueulasse, hein ? pouffe Gandelin.

— T'as appris ça où ? s'étrangle Joseph.

— Pendant la première guerre du Golfe en 91, avec les marines américains.

— Tu faisais quoi ?

— Légionnaire à tout faire. »

Joseph se retourne dans l'herbe. Il se demande qui n'a pas de casserole dans son entourage. Karl Marx, avec sa bonhomie légendaire, semble moins cabossé. Mais qui sait ? À force d'explorer les failles des autres, on ne sort pas complètement indemne. Et puis, ces derniers temps, il a vieilli. Il n'y a pas que sa maigreur. Il s'est courbé, bien qu'il essaye de porter beau, son visage s'est creusé. Un moment, Joseph a même été inquiet. Le temps vient à bout des plus éternels.

Ni Gandelin ni Joseph n'ont entendu Roger revenir. Il leur effleure les épaules. « Ça va être coton, murmure-t-il.

— Raconte, fait Gandelin.

— C'est une sacrée baraque. Avec plein de piaules, un étage et des combles aménagés. La lumière est celle des chiottes du rez-de-chaussée. Et puis il y a des barreaux aux fenêtres.

— T'as entendu du bruit ? demande Joseph.

— Non, rien.

— Alors comment es-tu sûr qu'il est ici ?

— Le moteur de sa bagnole est tiède. Il est rentré depuis pas longtemps.

— Peut-être sans Moïse, s'inquiète Joseph.

— Peut-être. L'essentiel, c'est que l'on coince le Boiteux. Il nous mènera à Moïse. »

Un long silence s'installe. Gandelin crache un jet de tabac. Joseph est perdu dans ses pensées. Roger mâchouille un brin d'herbe puis le retire d'entre ses dents :

« Le Chien !

— Le Chien quoi ? demande Joseph.

— Il saura parfaitement renifler l'odeur de Moïse !

— Je n'en doute pas, dit Joseph.

— Va le chercher et reviens. En silence ! », ordonne Roger.

Roger et Gandelin s'approchent à nouveau de la villa. Cette fois, il y a du bruit. Roger serre les poings sur ses poches, Gandelin tripote nerveusement ses munitions. Si cela ne tenait qu'à lui, il ferait exploser la porte au fusil à pompe et collerait directement une balle dans la tronche de ce salaud. Roger l'empoigne fermement et lui chuchote : « Je sais ce que tu es en train de penser. C'est non. Ce serait la meilleure façon de faire tuer Moïse. »

Tandis que Gandelin se glisse sous la voiture du Boiteux, Roger se concentre sur les alentours. Ses yeux finissent par percer l'obscurité, il imagine toutes les caches possibles pour s'embusquer. Il scrute le bois qui fait face à la villa, le chemin que pourrait emprunter le Boiteux s'il leur échappait. Puis il s'en retourne dans la prairie derrière les peupliers.

C'est la respiration du Chien qui leur signale l'arrivée de Joseph. « Il n'est pas très discret, grogne Roger.

— Je crois qu'il se doute de quelque chose. Quand je suis arrivé à la maison, il m'a couru après comme un dératé. »

Roger s'allonge dans l'herbe entre Gandelin et Joseph : « De toute façon, on n'a pas le choix. »

Il prend les mains de ses compagnons et trace avec leurs doigts un carré sur son ventre :

« Là, c'est la baraque, et ici c'est l'entrée. Devant, il y a le chemin bordé par un bois. On va avancer jusqu'aux thuyas puis on va se séparer. Vous deux, vous vous planquerez dans le bois juste en face de la porte. Elle est encadrée d'une pergola de roses blanches. Vous ne pourrez pas la rater à cause du parfum des fleurs. Je serai à droite du seuil. Que le Chien ne fasse pas un bruit lors de l'approche. À mon signal, j'allumerai mon briquet, tu lui ordonneras d'aller chercher Moïse. Tu es vraiment sûr qu'il aboiera à cet instant précis ?

— Oui, assure Joseph.

— On table sur le fait que le Boiteux va sortir. On ne peut pas faire autrement. Je vais le neutraliser à ce moment-là.

— Et s'il a Moïse dans les bras ? S'il est armé ? »

Pour toute réponse, Roger caresse sa ranger.

« Et moi ? demande Gandelin.

— Si ça tourne mal, tu défourailles. Mais uniquement s'il est seul et sans le gosse. Et surtout, tu le butes pour de bon. Faudrait pas qu'il se retranche blessé dans la maison. »

Roger se relève.

« Attendez, fait Gandelin. On va se donner du courage. »

Il dégaine une flasque et la tend à Joseph qui murmure : « C'est quoi ?

— De la gentiane. C'est de la bonne, elle doit bien titrer cinquante-cinq ou soixante degrés. »

Joseph a encore le feu de l'alcool en bouche quand il se tapit dans le taillis en face de la villa. Il tient le Chien entre ses jambes. Gandelin cale son œil sur la lunette de vision nocturne de sa carabine et explore la façade. Roger s'est plaqué contre la pergola du seuil. Soudain, les pleurs de Moïse rompent le silence. Le Chien échappe à Joseph et fonce en aboyant furieusement. Il se jette de tout son poids contre la porte en lacérant le bois.

Joseph se mord la langue en se disant qu'il a tout fait foirer en laissant le Chien s'échapper, d'autant que rien ne semble bouger dans la maison. Les secondes lui semblent longues. Lorsque la porte s'ouvre, Moïse hurle, serré dans le bras gauche du Boiteux. Le Chien bondit et broie la main qui tient un pistolet contre la tempe de l'enfant. L'arme tombe au sol, Roger la balaie d'un revers du pied et colle un uppercut au Boiteux. Sonné, il lâche Moïse. Le Chien se plaque avec une telle force sur le bébé que Joseph a le plus grand mal à le récupérer au milieu de la mêlée. Roger a immobilisé le Boiteux au sol avec une clé de bras. Gandelin éclate de rire en enfonçant le canon de sa carabine dans sa narine.

« Arrête. Attache-lui plutôt les mains », ordonne Roger en poussant le Boiteux à l'intérieur.

Ils sont attablés dans la cuisine meublée en chêne massif. Joseph donne le biberon à Moïse, qui boit, paniqué. Gandelin finit un reste de pâté Henaff. Roger décrotte ses rangers avec son poignard. Il feint d'ignorer le Boiteux ficelé à une chaise mais s'adresse à lui sans un regard.

« Qu'est-ce que tu crois que l'on va faire de toi ?

— Me buter.

— Tu vois, on est des manuels, on a tous l'habitude d'avoir du cambouis et de la terre sous les ongles. Mais ce serait te faire trop d'honneur que se salir les mains pour toi. »

Roger se lève et prend Moïse dans ses bras.

« Il ne sent pas bon, cet enfant, dit-il en grimaçant. Il ne doit pas être bien, à mariner dans sa merde. Tu n'as pas dû beaucoup le changer, hein ? »

Le Boiteux ne répond pas. Joseph lui tend une couche propre : « On va t'apprendre.

— Tu vois, on est gentils, on te détache pour que tu prennes soin de bébé », dit Gandelin dans son dos.

Les mains du Boiteux tremblent quand il détache la couche gonflée d'excréments.

« Maintenant, tu le nettoies, ordonne Roger en lui tendant un gant mouillé d'eau tiède. Non, pas comme ça, applique-toi. Rince le gant à l'évier et finis bien le travail. Maintenant, tu le sèches. Tu fais doucement, hein. Tu déplies la couche et soulèves délicatement le bébé pour passer la couche sous lui. Voilà, maintenant, tu rabats l'avant sur son ventre et fermes les scratchs. Tu vois que tu sais faire. » Roger reprend Moïse dans ses bras, il ne voit pas le geste brusque de Joseph qui dégaine le Glock. Le Boiteux se rassoit.

« Roger ne serait pas mon ami, je te buterais là tout de suite pour ce que tu as fait à notre enfant. » Il vient de s'entendre dire « notre enfant ». En d'autres circonstances, il aurait eu le sentiment d'avoir commis une bourde. Mais là, il ressent un bonheur indicible. Des larmes lui viennent aux yeux.

« Maintenant tu manges ! hurle Joseph.

— Pardon ? murmure le Boiteux.

— Maintenant, tu bouffes la merde de Moïse ou je te bute vraiment. »

Roger est impassible, Gandelin se cure les dents, goguenard. Joseph approche la couche de la bouche du Boiteux.

« Vas-y, lèche, c'est bien. Avale, je te dis. »

Au supplice, le Boiteux, secoué de haut-le-cœur, finit par vomir. « Tu peux vomir à volonté mais tu finis », ordonne Joseph.

Roger sort fumer une cigarette dans la nuit. Il tend son Zippo à Joseph : « C'est terminé ?

— Oui, murmure-t-il, mais je lui ai interdit de se rincer la gueule. »

Roger sourit : « Tu as bien fait, il aura le temps de se la rincer sur la route.

— Tu le laisses filer ? soupire Joseph.

— Laisse donc », sourit Roger. L'aube se lève. « Allez, on plie bagage. »

Il ouvre le coffre de la voiture du Boiteux et y glisse un paquet de couches pour bébé. « Souvenir », sourit-il.

Aux alentours de neuf heures du matin, Roger, Gandelin et Joseph sont en train de déjeuner d'une opulente omelette aux patates quand le Boiteux est arrêté par la douane au péage de Villefranche-sur-Saône. Prévenus par un coup de fil anonyme, les douaniers ont découvert dans le coffre de sa voiture un paquet de couches rempli d'héroïne et de cocaïne.

26

Joseph se réveille en sursaut quand une main lui effleure l'épaule. Les yeux mouillés de l'Indien le fixent tandis que le Chien jappe joyeusement devant Moïse qui babille, accroché aux barreaux de son lit.

« Faut venir, dit l'Indien d'une voix de pierre. Faut venir, faut venir.

— Où ? demande Joseph en se frottant les paupières.

— Chez Karl Marx, gémit l'Indien.

— Je n'ai pas le temps d'un café ?

— Non, faut venir.

— Et Moïse ?

— Je le garderai », assure l'Indien.

Dans la camionnette, il tient Moïse contre lui, la tête du Chien sur les genoux. Joseph allume la radio. On y parle de Kaboul sous le joug des talibans, de la primaire écologiste, du PSG qui a gagné 2 à 1 face à l'OL. Il change de station. Metallica joue *Sandman*. Joseph se roule une cigarette d'une main sur la jambe droite de son jean, l'allume et baisse la vitre.

« Il ne faut pas fumer, pour Moïse, dit l'Indien.

— Il en verra d'autres », répond Joseph en soufflant la fumée à l'extérieur.

Le jour se lève, la campagne est voilée par une généreuse rosée. L'Indien relève la capuche de sa polaire sur la tête de Moïse quand ils se garent devant le mur en pierres sèches qui ceinture la propriété de Karl Marx.

« Tu ne descends pas ? » demande Joseph.

L'Indien fait non de la tête. « Je garde Moïse ici, tu comprendras », murmure l'Indien, la voix cassée.

Dans l'allée, l'air embaume le parfum de la glycine en fleur. Joseph entre sans frapper. On ne ferme pas à clé, à la campagne. Le rez-de-chaussée est désert. Il grimpe à l'étage. Une lampe Lalique posée sur un guéridon éclaire le couloir qui mène aux chambres. La porte de Karl Marx est entrouverte. Joseph pousse doucement la poignée, la lumière d'une bougie éclaire la silhouette du psychiatre allongé sur son lit. Joseph pose sa main sur celles du psy. Elles sont déjà froides.

Sa barbe et ses cheveux blancs sont soigneusement peignés. Il est vêtu d'un costume noir et d'une chemise blanche. Ses vieilles Weston sont cirées. Un tsunami de tristesse étouffe Joseph. Il se précipite sur la fenêtre, fait claquer les volets de bois. Il aspire une grande bouffée d'air. Les rais du soleil levant orangent la chambre. Karl Marx ne lui a jamais semblé aussi majestueux. Joseph s'assoit sur un voltaire tendu de rouge. Il se dit que le psychiatre aurait détesté le voir pleurer, qu'il lui aurait rappelé que le compte à rebours commence au sortir du ventre de la mère, que « la lutte est toujours finale », comme il le chantait les soirs de grand vent alcoolisé, qu'il ferait mieux de se faire un café en ajoutant des calvas millésimés.

Joseph se lève et scrute la table de nuit : une bouteille d'eau à demi remplie, un verre, un cendrier avec un mégot et la photographie d'une jeune femme assise sur une jetée. Le cliché paraît ancien. Il fait le tour du lit et découvre deux enveloppes kraft : sur la première, il reconnaît l'écriture au stylo plume de Karl Marx, « Pour Joseph et Roger ». Sur la seconde, il est écrit : « À l'attention de Monsieur le Procureur et de Mesdames et Messieurs de la brigade de gendarmerie ». À côté, un sac en papier est rempli de boîtes de médicaments vides. Joseph sort son téléphone. Roger décroche à la deuxième sonnerie : « Karl Marx est mort », dit-il d'une voix monocorde.

Il entend un gros souffle puis Roger répète : « Muguette, Karl Marx est mort. » Il ajoute à l'intention de Joseph : « Comment ?

— Suicide, il a laissé une lettre pour nous deux.

— J'arrive. »

Dehors, l'Indien se balance avec Moïse qu'il tient fermement. Il le fait aller d'arrière en avant en chantonnant. L'enfant rit aux éclats. Joseph sirote son café. Il se demande ce que l'Indien peut bien avoir dans la tête. « Il faut laisser venir », disait Karl Marx à propos de Roger.

Il arrive à fond de train au volant de son grumier. Il fait hurler *Purple Rain* dans la cabine de son Volvo. L'ex-taulard ne supporte pas le silence quand il est chagrin. Visage fermé, il file à l'étage. Au moment où Joseph le rejoint, Roger est à genoux au pied du lit, les yeux clos, les mains posées sur celles de Karl Marx. « Lis-moi sa lettre », ordonne-t-il. Joseph décachette l'enveloppe, en sort deux feuilles et s'assoit à l'autre bout du lit.

Cher Roger, cher Joseph,

Quand vous me lirez, je ne serai plus. Ne paniquez pas, tout est expliqué dans la lettre adressée aux pandores et au proc. La liste et le nombre de médicaments et l'heure à laquelle je les ai ingurgités. J'ai juste omis de mentionner le Château-Cheval-Blanc que je me suis sifflé hier soir avec une boîte de foie gras avant de monter dans ma chambre. Si les gendarmes veulent vérifier, j'ai laissé la bouteille sur la table de la cuisine. Mes amis, j'ai décidé de ne plus vivre car je suis bouffé par le crabe de haut en bas. Jusqu'à récemment, je me suis efforcé de donner le change en jonglant avec les opioïdes, mais j'ai de plus en plus de mal à faire bonne figure. Surtout, je ne peux plus cacher l'étiolement de mon corps, ce délabrement physique et surtout moral que je me suis efforcé de combattre chez les autres et que je n'aurais pas supporté chez moi. Pourtant, mes anciens camarades d'internat sont sortis de leur tour d'ivoire de mandarins pour tenter de me convaincre de rentrer en chimio, en rayons, immunothérapie et autres bazars. Mais j'ai tout refusé car j'ai voulu mourir comme j'ai vécu : libre. De cette liberté qui s'accommodait mal de la médecine conventionnelle. Je vais vous faire une confidence : quand j'étais interne, il paraît que j'étais brillant. Mes pairs voulaient absolument m'orienter vers la chirurgie, la voie royale. J'ai refusé d'intégrer toutes ces castes de médecins qui ne supportent pas l'idée de la mort et sont si désarmés quand elle survient. Je n'ai jamais prétendu sauver des vies, seulement les accompagner avec leurs plaies et leurs cicatrices.

J'aurais pu entreprendre une procédure de suicide assisté en Suisse, mais j'ai toujours eu une sainte horreur de la paperasse. J'aurais pu aussi faire appel à un vieux copain aussi déjanté que moi pour me faire une ultime piquouze. Mais ç'aurait été le mettre dans l'embarras. Encore une fois, les médecins ne savent pas nous aider à mourir.

Parlons concret pour l'Indien. Cela risque de ne pas être simple pour lui pendant un moment. Chaque semaine, vous devrez l'accompagner au centre médico-psychologique où il est désormais suivi par une psychiatre que nous avons baptisée Princesse Pocahontas. C'est une de mes anciennes étudiantes, j'ai toute confiance en elle. Si par malheur l'Indien devait à nouveau être hospitalisé, elle veillerait sur lui. À ce sujet, Joseph, je souhaite que tu deviennes le tuteur de l'Indien, j'en avais déjà touché deux mots à une amie, juge des tutelles. Roger, j'espère que tu n'en seras pas vexé, mais avec une justice qui s'assoit souvent sur le droit à l'oubli, il aurait été plus compliqué de te proposer comme tuteur.

J'ai rédigé un testament chez mon notaire

favori, bon camarade de cigares et de vins stratosphériques. Je lègue mes biens pour moitié chacun à l'Indien et à Moïse. J'ai aussi organisé et réglé mes obsèques. Pas d'avis de décès dans le journal, pas de cérémonie, ni fleurs, ni couronnes. Incinération. Vous disperserez mes cendres en forêt, dans la petite rivière où, gamin, j'allais pêcher des vairons.

Enfin parlons de vous deux et de Moïse. Si j'étais croyant, je dirais que cet enfant est un don de Dieu. Pour toi Roger, avec qui j'ai compris que le retour à la liberté n'était pas chose évidente. L'irruption de ce petit homme a contribué à combler cette béance. Il a remis de l'innocence dans ton existence. Et puis l'affaire du Boiteux t'a réconcilié avec ton âme de brigand magnifique.

À toi Joseph, si j'étais croyant, je dirais que Dieu t'a redonné ce qu'il t'avait retiré. Mais ce serait con. On ne remplace jamais un enfant par un autre. Longtemps, tu as refusé de vivre sur une seule patte. Tu as cru que cultiver le chagrin et le deuil te servirait de béquille. Mais un nourrisson tombé du ciel t'a réappris à marcher et ce fut sans doute l'un de mes derniers bonheurs.

Vous voilà désormais les deux pères de Moïse. Visiblement, il n'a pas l'air pressé de parler mais quand il le fera, vous serez « Papa Jo » et « Papa Ro ». Enfin, vous trouverez peut-être mieux comme sobriquets. Mais surtout ne lui cachez rien. Il n'y a pas pire poison que le secret pour un être humain. Dites-lui que la main qui l'a déposé dans un couffin sur le bitume a voulu qu'il ait une bonne vie avec vous.

Voilà, je ne vous saoule pas davantage, il faut que je parle un peu avec l'Indien. On aura bien vécu ensemble. Je vous aime dans l'éternité.

Karl Marx

PS : Vous trouverez dans ma cave quelques belles quilles pour fêter dignement ma dispersion en forêt. Joseph, il y a du vin jaune qui irait très bien dans ton poulet aux morilles cueillies ce printemps.

Épilogue

C'est une belle journée de juillet. Roger, l'Indien, Gandelin et Karim déplacent le lourd plateau en chêne de la cuisine à l'ombre des arbres. Muguette et Julie déplient une nappe brodée.

« Ça devait être dans un trousseau de mariage, affirme Muguette. Je n'imaginais pas notre Karl Marx avec du si beau linge. »

Moïse et le Chien se faufilent sous la table, ils jouent. Roger et Joseph sont un peu gris. Ils ont forcé sur la gnôle d'alisier après s'être assis au bord de la rivière. Plus tôt dans la matinée, ils ont dispersé les cendres de Karl Marx dans la forêt, comme il le désirait. Plus précisément, dans le jardin de Roger, qui s'est fleuri de roses, de tulipes et de rhododendrons. « Pour qu'il fasse pousser tout ça », a dit l'ancien détenu les larmes aux yeux. Chacun a prononcé quelques mots, évoqué un souvenir.

À présent, les deux hôtes s'engueulent gentiment : « Je t'avais dit de la crème crue, pas de la merde en brique industrielle, grogne Joseph.

— Qu'est-ce qu'on s'en fout. L'important, c'est le vin jaune et les morilles, dans le poulet. T'as mis le paquet en morilles, j'espère ?

— T'inquiète, mais il faut que j'en garde pour Guy à Paris.

— C'est vrai que monsieur doit aller faire le beau à Paname.

— T'es con, sers-moi plutôt un Pont, avec l'eau du puits bien sûr. »

Joseph apporte le poulet à la crème dans sa cocotte en fonte lorsqu'une BMW rugit devant la maison et se gare en dérapant. Les convives lèvent la tête, ébaubis. De la voiture sort Guy, tenant une bouteille de champagne et un sac en papier.

« Cette fois, c'est moi qui descends chercher mes vivres ! » s'exclame-t-il.

Tout le monde s'est levé dans un joyeux brouhaha pour saluer le chef, se présenter à lui, lui chercher une assiette.

« J'apporte les truffes à faire sous la cendre et… quelques flacons, dit Guy en balayant l'air de la main. J'ai une faim de loup ! »

Joseph se gratte la tête : « Mais j'ai mis toutes les chaises autour de la table, comment vas-tu t'asseoir ? » L'Indien se lève d'un bond. « Attendez, je vais fabriquer un tabouret vite fait. » Avec Gandelin, ils tronçonnent un rondin de chêne, taillent quatre pieds qu'ils clouent. Julie lève les yeux au ciel : « On aura tout vu ici. Karim, j'espère que tu as pris la trousse dans la voiture ? On pourrait bien nous demander d'opérer ! »

L'Indien revient triomphant avec son tabouret et s'écrie : « Tenez, monsieur le chef, prenez ma chaise. Moi, j'ai mon tabouret tout frais. Plus on est de fous, plus on s'aime. »

Ce roman n'aurait jamais existé
sans les encouragements, l'accompagnement
et l'amitié de Sylvie Delassus
et de Camille de Villeneuve.
Qu'elles en soient vivement remerciées.
Avec aussi toute reconnaissance
pour Léa Marty et son enthousiasme.

Jacky Durand

DU MÊME AUTEUR

PLUS ON EST DE FOUS PLUS ON S'AIME, *Stock*, 2022 (Folio n° 7225)

CUISINER, UN SENTIMENT, édition augmentée, *L'Épure*, 2021 (première édition, *Carnets Nord*, 2010).

JEAN SULPICE, LE CHEF, L'AUBERGE ET LE LAC, *Glénat*, 2020

LE CAHIER DE RECETTES, *Stock*, 2019 (Folio n° 6769 sous le titre LES RECETTES DE LA VIE)

MARGUERITE, *Carnets Nord*, 2017 (Folio n° 7061)

ALEXANDRE COUILLON, MARINE ET VÉGÉTALE, *L'Épure*, 2016

VOYAGE AMOURUX DANS LA CUISINE DES TERROIRS, *Carnets Nord*, 2016

TU MITONNES ! L'ÉTÉ, *Carnets Nord*, 2013

TU MITONNES ! L'HIVER, *Carnets Nord*, 2012

LE HARENG DE NOS MÈRES, *Les quatre chemins*, 2009

COLLECTION FOLIO

Dernières parutions

6981.	Maurice Leblanc	*Arsène Lupin contre Herlock Sholmès*
6982.	George Orwell	*La Ferme des animaux*
6983.	Jean-Pierre Siméon	*Petit éloge de la poésie*
6984.	Amos Oz	*Ne dis pas la nuit*
6985.	Belinda Cannone	*Petit éloge de l'embrassement*
6986.	Christian Bobin	*Pierre,*
6987.	Claire Castillon	*Marche blanche*
6988.	Christelle Dabos	*La Passe-miroir, Livre IV. La tempête des échos*
6989.	Hans Fallada	*Le cauchemar*
6990.	Pauline Guéna	*18.3. Une année à la PJ*
6991.	Anna Hope	*Nos espérances*
6992.	Elizabeth Jane Howard	*Étés anglais. La saga des Cazalet I*
6993.	J.M.G. Le Clézio	*Alma*
6994.	Irène Némirovsky	*L'ennemie*
6995.	Marc Pautrel	*L'éternel printemps*
6996.	Lucie Rico	*Le chant du poulet sous vide*
6997.	Abdourahman A. Waberi	*Pourquoi tu danses quand tu marches ?*
6998.	Sei Shônagon	*Choses qui rendent heureux* et autres notes de chevet
6999.	Paul Valéry	*L'homme et la coquille* et autres textes
7000.	Tracy Chevalier	*La brodeuse de Winchester*
7001.	Collectif	*Contes du Chat noir*
7002.	Edmond et Jules de Goncourt	*Journal*
7003.	Collectif	*À nous la Terre !*
7004.	Dave Eggers	*Le moine de Moka*

7005. Alain Finkielkraut — *À la première personne*
7007. C. E. Morgan — *Tous les vivants*
7008. Jean d'Ormesson — *Un hosanna sans fin*
7009. Amos Oz — *Connaître une femme*
7010. Olivia Rosenthal — *Éloge des bâtards*
7011. Collectif — *Écrire Marseille.* 15 grands auteurs célèbrent la cité phocéenne
7012. Fédor Dostoïevski — *Les Nuits blanches*
7013. Marguerite Abouet et Clément Oubrerie — *Aya de Yopougon 5*
7014. Marguerite Abouet et Clément Oubrerie — *Aya de Yopougon 6*
7015. Élisa Shua Dusapin — *Vladivostok Circus*
7016. David Foenkinos — *La famille Martin*
7017. Pierre Jourde — *Pays perdu*
7018. Patrick Lapeyre — *Paula ou personne*
7019. Albane Linÿer — *J'ai des idées pour détruire ton ego*
7020. Marie Nimier — *Le Palais des Orties*
7021. Daniel Pennac — *La loi du rêveur*
7022. Philip Pullman — *La Communauté des esprits. La trilogie de la Poussière II*
7023. Robert Seethaler — *Le Champ*
7024. Jón Kalman Stefánsson — *Lumière d'été, puis vient la nuit*
7025. Gabrielle Filteau-Chiba — *Encabanée*
7026. George Orwell — *Pourquoi j'écris* et autres textes politiques
7027. Ivan Tourguéniev — *Le Journal d'un homme de trop*
7028. Henry Céard — *Une belle journée*
7029. Mohammed Aïssaoui — *Les funambules*
7030. Julian Barnes — *L'homme en rouge*
7031. Gaëlle Bélem — *Un monstre est là, derrière la porte*
7032. Olivier Chantraine — *De beaux restes*
7033. Elena Ferrante — *La vie mensongère des adultes*

7034. Marie-Hélène Lafon — *Histoire du fils*
7035. Marie-Hélène Lafon — *Mo*
7036. Carole Martinez — *Les roses fauves*
7037. Laurine Roux — *Le Sanctuaire*
7038. Dai Sijie — *Les caves du Potala*
7039. Adèle Van Reeth — *La vie ordinaire*
7040. Antoine Wauters — *Nos mères*
7041. Alain — *Connais-toi* et autres fragments
7042. Françoise de Graffigny — *Lettres d'une Péruvienne*
7043. Antoine de Saint-Exupéry — *Lettres à l'inconnue* suivi de *Choix de lettres dessinées*
7044. Pauline Baer de Perignon — *La collection disparue*
7045. Collectif — *Le Cantique des cantiques. L'Ecclésiaste*
7046. Jessie Burton — *Les secrets de ma mère*
7047. Stéphanie Coste — *Le passeur*
7048. Carole Fives — *Térébenthine*
7049. Luc-Michel Fouassier — *Les pantoufles*
7050. Franz-Olivier Giesbert — *Dernier été*
7051. Julia Kerninon — *Liv Maria*
7052. Bruno Le Maire — *L'ange et la bête. Mémoires provisoires*
7053. Philippe Sollers — *Légende*
7054. Mamen Sánchez — *La gitane aux yeux bleus*
7055. Jean-Marie Rouart — *La construction d'un coupable.* À paraître
7056. Laurence Sterne — *Voyage sentimental en France et en Italie*
7057. Nicolas de Condorcet — *Conseils à sa fille* et autres textes
7058. Jack Kerouac — *La grande traversée de l'Ouest en bus* et autres textes beat
7059. Albert Camus — *« Cher Monsieur Germain,... »* Lettres et extraits
7060. Philippe Sollers — *Agent secret*
7061. Jacky Durand — *Marguerite*

7062. Gianfranco Calligarich *Le dernier été en ville*
7063. Iliana Holguín Teodorescu *Aller avec la chance*
7064. Tommaso Melilli *L'écume des pâtes*
7065. John Muir *Un été dans la Sierra*
7066. Patrice Jean *La poursuite de l'idéal*
7067. Laura Kasischke *Un oiseau blanc dans le blizzard*
7068. Scholastique Mukasonga *Kibogo est monté au ciel*
7069. Éric Reinhardt *Comédies françaises*
7070. Jean Rolin *Le pont de Bezons*
7071. Jean-Christophe Rufin *Le flambeur de la Caspienne. Les énigmes d'Aurel le Consul*
7072. Agathe Saint-Maur *De sel et de fumée*
7073. Leïla Slimani *Le parfum des fleurs la nuit*
7074. Bénédicte Belpois *Saint Jacques*
7075. Jean-Philippe Blondel *Un si petit monde*
7076. Caterina Bonvicini *Les femmes de*
7077. Olivier Bourdeaut *Florida*
7078. Anna Burns *Milkman*
7079. Fabrice Caro *Broadway*
7080. Cecil Scott Forester *Le seigneur de la mer. Capitaine Hornblower*
7081. Cecil Scott Forester *Lord Hornblower. Capitaine Hornblower*
7082. Camille Laurens *Fille*
7083. Étienne de Montety *La grande épreuve*
7084. Thomas Snégaroff *Putzi. Le pianiste d'Hitler*
7085. Gilbert Sinoué *L'île du Couchant*
7086. Federico García Lorca *Aube d'été* et autres impressions et paysages
7087. Franz Kafka *Blumfeld, un célibataire plus très jeune* et autres textes
7088. Georges Navel *En faisant les foins* et autres travaux
7089. Robert Louis Stevenson *Voyage avec un âne dans les Cévennes*

7090. H. G. Wells — *L'Homme invisible*
7091. Simone de Beauvoir — *La longue marche*
7092. Tahar Ben Jelloun — *Le miel et l'amertume*
7093. Shane Haddad — *Toni tout court*
7094. Jean Hatzfeld — *Là où tout se tait*
7095. Nathalie Kuperman — *On était des poissons*
7096. Hervé Le Tellier — *L'anomalie*
7097. Pascal Quignard — *L'homme aux trois lettres*
7098. Marie Sizun — *La maison de Bretagne*
7099. Bruno de Stabenrath — *L'ami impossible. Une jeunesse avec Xavier Dupont de Ligonnès*
7100. Pajtim Statovci — *La traversée*
7101. Graham Swift — *Le grand jeu*
7102. Charles Dickens — *L'Ami commun*
7103. Pierric Bailly — *Le roman de Jim*
7104. François Bégaudeau — *Un enlèvement*
7105. Rachel Cusk — *Contour. Contour – Transit – Kudos*
7106. Éric Fottorino — *Marina A*
7107. Roy Jacobsen — *Les yeux du Rigel*
7108. Maria Pourchet — *Avancer*
7109. Sylvain Prudhomme — *Les orages*
7110. Ruta Sepetys — *Hôtel Castellana*
7111. Delphine de Vigan — *Les enfants sont rois*
7112. Ocean Vuong — *Un bref instant de splendeur*
7113. Huysmans — *À Rebours*
7114. Abigail Assor — *Aussi riche que le roi*
7115. Aurélien Bellanger — *Téléréalité*
7116. Emmanuel Carrère — *Yoga*
7117. Thierry Laget — *Proust, prix Goncourt. Une émeute littéraire*
7118. Marie NDiaye — *La vengeance m'appartient*
7119. Pierre Nora — *Jeunesse*
7120. Julie Otsuka — *Certaines n'avaient jamais vu la mer*
7121. Yasmina Reza — *Serge*

Tous les papiers utilisés pour les ouvrages des collections Folio sont certifiés et proviennent de forêts gérées durablement.

Composition Nord Compo
Impression Grafica Veneta
à Trebaseleghe, le 30 mars 2023
Dépôt légal : mars 2023

ISBN : 978-2-07-299673-3 Imprimé en Italie

546940